くるすの残光　最後の審判

仁木英之

祥伝社文庫

目次

〈登場人物〉

寅太郎《とらたろう》……島原《しまばら》の乱の生き残り。その過去と異能の力により、人に触られることを極端に嫌う。異能は「種」。

庄吉《しようきち》・たま……植木職人とその妻。寅太郎を引き取り、息子のように育てている。

仁兵衛《にへえ》……長屋の大家。天草四郎《あまくさしろう》の妻・まりあの仮の姿。異能は「飛手」。

千々石荘介《ちぢわそうすけ》……素浪人。指物師で生計を立てている変わり者。異能は「眼」。

佐七《さしち》……人形「お雪《ゆき》」をまるで生きているかのように操る異能「髪」を持つ人形師。

いち……女かぶき者。体を覆《おお》う龍の刺青《いれずみ》をしている。異能「脚」でその肉体を変化させる。厳島《いつくしま》の戦いで市正と相討ちに。

きよ……元〝南部隠《なんぶかくれ》〟の忍び。記憶を失い、寅太郎たちの長屋に住んでいた。寅太郎を愛し、後を追ってやってきた厳島で天海に殺された。

佐橋市正《さはしいちまさ》……切支丹《きりしたん》討伐の精鋭〝閻羅衆《えんらしゆう》〟期待の若手。厳島の戦いでいちと相討ちに。

天海《てんかい》……江戸幕府を裏で支える怪僧。切支丹殲滅《せんめつ》に力を注ぐが、厳島の戦いで死亡した。

第一章　叛骨《はんこつ》の男

一

　風がやみ、海が凪《な》いだ。波のない海がこれほど不気味なのか、と寅太郎《とらたろう》は呆然《ぼうぜん》と見ていた。風の音もせず、耳の中では速くなった鼓動の響きだけが続いている。

　つい今しがたまで、ここでは激しい戦いが繰り広げられていた。

　島原《しまばら》の乱で切支丹《きりしたん》を率《ひき》いた天草四郎《あまくさしろう》。彼は自らの魂を、これはと見込んだ者たちに分け与え、さらには、でうすから授けられたと称する力を聖遺物としてこの世に遺《のこ》した。

「寅太郎」

　足を引きずりながら、一人の浪人が近付いてくる。千々石荘介《ちぢわそうすけ》は四郎の「眼」の力を与えられた剣士である。絶対の見切りを身につけ、敵の刃に傷つけられることはない。

だが、その「眼」の力をもってしても、切支丹討滅のために自ら古き神々の力を蔵しようとした南光坊天海《なんこうぼうてんかい》と、対切支丹の精鋭部隊「閻羅衆《えんらしゅう》」の若き剣士、佐《さ》橋市正《はしいちまさ》を相手にしては無事ではいられない。

それは天草四郎の力の中でも要《かなめ》となる「種」の力を授けられた少年、寅太郎にとっても同じであった。

「天海を倒せたのか」

そうだ、と頷《うなず》くことができなかった。相手は聖遺物の一つ、十字架《じゅうじか》の力を使って、佐橋市正に力を与えていた。敵の力は圧倒的だったが、そこに思わぬ助太刀《すけだち》が現れた。

「聖遺物は」

寅太郎は手の中に握っていたそれを、荘介に見せた。天海から奪ったはずの十字架は、ぼろぼろに崩れて落ちていった。

「偽物《にせもの》を摑《つか》まされたか……。死せる者を甦《よみがえ》らせる力のあるこの聖遺物、俺たちの手に戻ってくれたら大きな力になったろうにな」

荘介は肩を落とし、寅太郎が返事をする前に波打ち際《ぎわ》へと歩んでいった。

穏《おだ》やかな水際の向こうに、大きな鳥居がそびえ立っている。厳島《いつくしま》の象徴であるその向こうに、仲間の一人と市正は沈み、最大の敵であった天海は灰となって風に消えた。

「いち……」

荘介はじっと海を見つめている。

「〝種〟の力を使って、海の様子を探れるか」

寅太郎は手のひらに、小さな〝種〟を呼び出す。草木は陸上だけにあるわけではない。海の中にも無数の植物がいる。その中に、猛烈な勢いで広がる昆布《こんぶ》の類《たぐい》がある。寅太郎の手から離れて水中へと没した〝種〟は、瞬《また》く間に海底へと広がっていく。

多くの魚や貝、海星《ひとで》たちが驚いて逃げ惑っているのを感じる。

「ごめんね……海を荒らしたいわけじゃないんだ」

そう謝りながら、葉の領域を広げていく。

「どうだ？」

戦いは終わったばかりだ。二人が浮かび上がってこないということは、この湾のどこかに沈んでいるはずだった。だが、見つからない。

「佐橋市正も、いちもいない……」

それからさらに四半刻（三十分）、寅太郎は海の底を探り続けた。意識が朦朧《もうろう》とし、汗が顎《あご》の先から滴《したた》り落ちる。

だが、このままでは勝利の確信は得られない。

広い海藻の葉が、海底の様子を伝えてくる。海の生き物たちも、異変が去るのをじっと待ってくれている。

その時、背後から人の声がした。天海の張っていた、人目をくらます結界は既《すで》に解けている。神官たちは何も気付かず、普段の仕事をするために島を行き来し始めている。

「寅太郎、これ以上は無理だ。万が一、佐橋市正を仕留《しと》め損《そこ》なっていても、かなりの深手《ふかで》は負《お》わせたはずだ」

その手ごたえはあった。元南部隠《なんぶかくれ》の忍びで、秘かに想いを寄せ合った少女、きよが助けてくれた。天海は聖遺物の一つ「十字架」をその胸から引き抜いた際に、灰となって風に散った。その肉体は、既に朽《く》ちていたものだ。

いえすの頭上に捧げられた荊冠《けいかん》。

蛇の紋様と共にその肉体を貫いた聖槍。

爪や髪が蔵されていると伝えられる小さな聖櫃《せいひつ》。

血を受けたとされる聖杯。

遺体を包んだとされる血染めの聖骸布《せいがいふ》。

手と足に打ち込まれ、その体を磔柱《はりつけばしら》に留めさせた釘。

そして人々の罪を背負っていえすが登った十字架。

島原の戦いで人々を率いた天草四郎時貞《ときさだ》。彼が最後の希望を託《たく》した聖騎士たちに、己の魂に籠《こ》められた力と、でうすの恵《めぐ》みを蔵した聖遺物を遺した。乱後奪われた聖遺物を奪還し、四郎の復活を果たすべく、寅太郎たちは戦い続けている。

「市正もあそこから甦ってくることはあるまい」

「だといいけど……」

種の力を収め、厳島の海を元の姿へと戻していく。静かで、美しい海だ。古き神がここに鎮《しず》まった理由もよくわかる。

「……そろそろ行こう」

きよを埋めた小さな土盛の前から離れられないでいる寅太郎に、荘介が声を掛けた。

神職たちは日常の務《つと》めへと戻り、社殿から一町ほどにある門前町の人々も、首を傾げて店の準備を進めている。

寅太郎は種の力によって薬草を数種出し、金瘡薬《きんそうやく》を練《ね》り上げて荘介と己の傷の手当てをする。

「寅の術は随分《ずいぶん》と上達したな」

「そう、かな……」

四郎から授かった力は、まだ全てを出し切ったわけではない。それでも、数え切れないほどに助けられている。

「俺はまだまだだ。四郎さまの眼力をいただいているというのに、このように傷を負ってしまう」

「相手は聖遺物の力を使っているんだもの。仕方ないよ。ぼくたちの中で、敵と正面切って刃を合わせられるのは、荘介さんだけだよ」

「嬉しいことを言ってくれる」

だが、荘介の表情に喜色が表れるということはなかった。それは寅太郎も同じだった。船着き場に、参拝客を乗せた櫓櫂船《ろかいぶね》がゆっくりと横付けされた。

対岸の廿日市《はつかいち》との間は潮《しお》の流れが速く、地の船頭でなければ無事にたどり着くことはできない、と言われていた。だが、今日は波もほとんどなく、風も穏やかなようで、客も楽しげに船を下りてくる。

「一番船で帰るなんて、昨日乗り遅れたのかい」

船頭が二人を見て言った。

「しかもえらく怪我《けが》をしていなさる」

「我らは剣の修行者でな。江戸から長州《ちょうしゅう》の萩《はぎ》に向かう途中なのだ」

荘介はとっさに言った。

「そっちの童《わらべ》もですかい？」

「この子は……庭師だ。お主は知らんだろうが、江戸ではこのような童でも志《こころざし》があれば武を学び、私のような剣士と見聞を広めることもできるのだ」

ふうん、と不思議なものを見たような顔をした船頭は、

「なんだか爺《じい》さんに聞いた昔話みたいだな。腕を上げて認められたら、漁民の子だって侍《さむらい》大将になれる時代があったとさ。今から考えたら夢みたいな話だけど、さすがに天下さまのお膝元は度量が広くていらっしゃる」

船頭は二人から渡し賃を受け取ると、乗るように促した。

二

廿日市の港は活気に満ちている。船頭たちが互いに掛け合う声や、参詣客《さんけい》に呼ばわる茶店の娘たちの声にも訛《なま》りがあって耳に楽しい。

「少し休んで行こう」

荘介に言われて、茶店に腰を下ろす。よほどひもじそうな顔をしていたのか、甘いぼた餅《もち》が三つ、皿に載せられて出てきた。寅太郎があっという間に平らげると、

「一つくらい残しといてくれよ」

苦笑しつつ荘介が言った。

「ま、食えるってことはいいことだ。どんなにつらいことがあっても、食っているうちは生きていける」

寅太郎は頷いた。脳裏《のうり》に、原城《はら》での日々が甦った。江戸では食うに困ることはないが、それでもよく夢に見る。城の周囲を囲まれ、兵糧《ひょうろう》を食い尽くした城の中の様子は、酸鼻《さんび》を極めた。

全てが尽きた時、人々は死に安寧《あんねい》を求める。それは魂の救済かもしれないが、敵に勝利をもたらすことを意味する。

「まだ、俺たちは食えている。食う気になれる」

仲間の死を目の前にしても、命ある限り戦い続けると誓《ちか》ったのだ。

餡《あん》の甘味が臓腑《ぞうふ》に沁《し》み渡っていく。きよといちとはまた会える。全ての裁きが下るその瞬間に、でうすの御前で再会するのだ。寅太郎は腹を満たしたことで心を新たにし、気持ちを切り替えた。

「荘介さん、やっぱり萩にはぼくもついていくよ」

「いいのか？」

「うん。悠長なことは言っていられない。時間はもう、あまり残されていないんだ。庭を見たいという口実にする」

萩では、生き残った同志たちが蜂起しようとしていた。

「そうだな。寅がいてくれると俺も心強い」

廿日市を出て広島城下に戻ると、門口主税《かどぐちちから》が心配顔で迎えてくれた。

「どうしたのだ」

「ちょっと発心しまして、夜明け前に起き出して厳島に参ってきたのです」

荘介が言うと、ほっとした顔になった。天海が広島藩の船に乗ったものの、海に落ちたり怪物を見たりと心が休まらない様子だ。

「門口どの、私はこれから西に向かいます」

「萩藩の剣術師範として招かれているのであったな」

「いえ、そうなれるかどうかを試されるのでございます。それに当たっては、この寅太郎も萩へ帯同したいのです」

「ほう……縮景園《しゅっけいえん》だけでは不足か？」

「とんでもないです。ぼくは江戸藩邸のお庭を任せていただくというありがたいお仕事をいただきました。上田宗箇《うえだそうこ》さまから直接お教えを受けることもできました。ですが、まだまだ見聞を広めとうございます」

若い庭師が江戸の外に出て、特に京よりも西の諸藩を訪れることは稀《まれ》である。

「一生の思い出に、雄藩のお庭を拝見しておきたいのです。江戸でのお仕事に取り掛かるのが少し遅くなるかもしれませんが、それだけの値打ちはあると思っています」

もっともなことである、と主税は頷いた。

「それにしてもしっかりしている。うちにも元服した息子がいるが、そちのようにはいかぬ」

寅太郎ははにかんで頭を下げた。

「では、それがしの方からお城には伝えておこう。帰途にはまた立ち寄るがよい。便船があれば大坂まで乗っていくのもよかろう。あくまでも我が藩の御用なのだから、遠慮《えんりょ》はいらぬ」

礼を言った二人は、城を辞した。寅太郎の行李《こうり》は縮景園の庭師長屋に置いてあったが、また戻って来るなら置いていけ、と庭師頭は言ってくれた。

「寅のような若くて才のある庭師が来てくれて、俺たちも気合いが入ったよ。萩藩の庭は俺も見たことがないから、どのようなものかぜひ教えてくれ」

仲間たちに見送られて、寅太郎は縮景園の門を出る。門の外ではすでに荘介が旅支度《たびじたく》で待っていた。

「身軽だな」

「うん、帰りにもう一度寄ってくれ、って」

「先ほど、我らを萩に誘った覆面《ふくめん》の侍が来た。同行はできないから先発するのだそうだ」

寅太郎は頷き、荘介と共に歩き出す。

「もし長州を取ることができたら、戻ることはないかもしれないぞ」

「そうだね……」

萩の隠れ切支丹も、他所《よそ》と同じく徹底的に取り締まられた。大規模に切支丹が罰せられたのは寛永《かんえい》九年（一六三二）以来ない。だが、長州萩藩は火種を抱えていた。彼らは上士と郷士に分断され、苛烈《かれつ》な差別があるという。

「でうすの教えを捨てぬ者もいるようだ」

そのことは、荘介が萩藩邸に招かれた時に拾ったくるすが物語っていた。そして厳島で戦った彼らの前にも、萩の修道騎士から派遣された者が姿を見せている。荘介は剣術師範として萩に潜《もぐ》り込みつつ、切支丹反攻の拠点にしようと考えていた。

「罠《わな》には気を付けないとね」

寅太郎は、自分たちの存在が公儀に知られつつある、と考えていた。天海が古き神々の力を我がものとし、切支丹を完全に滅ぼすための手はずを進めていたことを知ったからだ。

「罠はもはや使わないのではないか」

そう言いながら、荘介の考えに寅太郎も実は同感だった。寅太郎が恐れているのは、厳島での戦いを誰かに検分させているのではないか、ということだ。天海は己の肉体が崩れ去ることに何もこだわりはなかった。

「たとえ身が滅びようと、我らとの戦いを続けられる力はあるぞ、という意だろうな」

　荘介は一つ息をついた。寅太郎の脳裏には、天海が最期《さいご》に見せた笑顔がこびりついている。まだ何か策を隠している。そんな気がしてならなかった。ただ、天海を倒せたのだとしたら、それは大きな成果であった。彼を超える術師は幕閣にはいないはずだ。

「今のところ、つけられている様子はない」

　道は安芸《あき》と周防《すおう》の国境にかかろうとしている。玖波《くば》と関戸《せきど》の間は狭い峠道《とうげみち》になっていて、街道から左に見えていた瀬戸内の青も見えなくなっている。

　寅太郎と荘介は、言葉少なに歩いていた。広島までの道のりとその先では、旅の色合いがまるで変わってしまったように思える。

「海の色が変わったな」

　前を歩く荘介がぽつりと言った。

「今は見えていないよ」

「ずっと考えていた。本当の境は、海の上にあるのかもしれん。人が決めた国の境など、海や大地にとってはなんの意味もない」

「荘介さん……」

「あれだけ多くの死を見て、己の死も恐れていないはずなのにな。いちが守ってくれた時、どうしようもなく心が揺れたよ」

荘介は泣いているのかもしれない、と寅太郎は思った。だが、泣くなと言う気にもなれなかった。戦いはこれからが本番だ。萩でも激しい戦いが待っているかもしれない。萩での謀《はかりごと》がうまくいけば、それを天下に広げ、幕府を覆《くつがえ》す日まで気を抜く暇《ひま》はない。

寅太郎は海を見なかった。

海を見れば、きよと濤《とう》を思い出してしまうからだ。濤はかつて瀬戸内の海を統《す》べていた古き神に仕《つか》える巫女《みこ》であった。

「古き力……」

四郎に託された「種」の力に加えて、濤に託された古き海の力を、天海との戦いでは操ることができなかった。それを使うことが正しいことか、寅太郎にはわからない。四郎を経《へ》て伝えられたでうす正統のものではないのだから。

やがて、国境の関所が見えてきた。

「寅」

「うん……」

寅太郎は手のひらに〝種〟を呼び出す。街道は行き交《か》う人こそ多いものの、平穏そのものであった。しかし、関所の門が固く閉じられている。関所は夜明けから日暮れまで開いているのが常だ。

まだ日が高く、閉じるには早い刻限に閉じているということは、何か変事が起こった証《あかし》である。門の前では旅人たちが困惑したように立ちつくしている。

寅太郎が門が大きく見えた辺りで〝種〟を落とすと、猛烈な勢いで根を伸ばし始めた。根は門の中へと入っていく。

「術や結界の気配はない……」

「となると、俺たちを的にしているわけではなさそうだ」

「油断はできないけど」

根はやがて芽となって地上へ顔を出し、小さな花を咲かせる。花が見たもの、聞いた音が寅太郎に伝わってくる。

「私を誰と心得おるか」

傲然《ごうぜん》とした男の声が聞こえてきた。

関所の士たちがさすまたや鉄棒を構えて一人の男を取り囲んでいるのが見える。包囲の中にいる男は微《かす》かに笑みを浮かべて、役人たちを嘲《あざけ》っているようであった。

「誰であっても、手形もなしに通すわけにはいかん」

関所の与力らしき侍が顔をしかめて言う。

「手形は持っておるよ」

男は総髪であった。士分であれば月代《さかやき》を剃《そ》り、髷《まげ》を結《ゆ》っているのが通常である。総髪にすることを禁じられているわけではないが、異相ではある。

「では出さぬか」

「出さぬよ」

与力は明らかに苛立《いらだ》っていた。

「天下の法度《はっと》を破ろうという無法者は捕えて罰せねばならぬ」

「その前にこの下郎どもの無礼を詫《わ》びるのが先ではないか。私は萩の殿に招かれてここを通っている。そう申しておるのに、こやつらは私を押さえつけ、衣を脱《ぬ》がそうとした。それが二刀を差す者に対する態度か」

　与力が怒りに顔を紅潮させた。

「怒っておるか？　そうして心の揺れを表に出す。未熟の極みだ。上の者がその程度だから、下に付く者も半人前以下なのだ。武も、心も、恐らく学も大したことはないのであろうな」

　数人が白洲の周囲に倒れている。死んではいないが、的確な当て身を喰らって気を失っているようだ。刀を抜いた形跡もないし、血の臭いもしない。

「その方の言葉が真かどうか、今萩に問い合わせておる。それまでは牢《ろう》で大人しくしておれ」

「貴殿は、私の言葉が真であった時のことを考えておらぬ。明日の謀を考えるのは兵法の基本ではあるが、それもできぬようだ」

　与力はもはや答えず、

「捕えよ」

　厳しい声で左右に命じた。

「一度しくじった策をそのまま行う。下の下だ」

呆《あき》れたように首を振った。

「考えよ。考えよ。考えることを捨て、今日が昨日と同じだと思っている者にはいずれ滅びが訪れるであろう」

それは呟《つぶや》きにも似ていた。だが、花を通じてやたらと強く聞こえた。

十数人が一斉に総髪の男に殺到する。

「一人を確実に制しようとするには、多を以《もっ》てあたる。それは間違ってはおらぬ。だが多すぎるのはあまり得策とは言えぬ。人には四肢があり、また体の幅というものがある。私が采配《さいはい》を振るのであれば、三人がかりで召し捕れと命じるな」

男の言った通り、役人たちは互いにぶつかって男のもとにたどり着く前に動きが鈍《にぶ》る。一人がつんのめるように男の前に出たが、長柄を扱うには既に間合いが近すぎた。

「私の友に、丸橋忠弥《まるばしちゅうや》という槍の達人がいる。お主らはまず彼に弟子《でし》入りして、長い兵器はいかに扱うか三年ほど修行した方がいい」

長柄をすいと引くと、役人は転がって動かなくなった。寅太郎も理解が追いつかないような、不思議な体術を使う。続いて数人がやはり長柄を振りかぶって迫るが同じように転がされ、動かなくなる。

寅太郎はそれが、一種の組み打ちの術、柔術であることに気付いた。相手が踏み込んできた力をそのまま使い、当て身を首筋の急所に入れる。上役の命で前がかりになり、下半身が遅れてついてくるような踏み込みなので、打たれると脆《もろ》い。

「さて」

残るは与力一人になった。

「貴様、このようなことをしてただですむと思っているのか」

「もし私に後ろめたいことがあれば」

男は白洲の片隅《かたすみ》にある岩に座る。白洲よりも下にあるのに、その威風は与力を圧していた。

「このようなことはすまい」

「……気でもふれているのか」

「なるほど、その恐れはあるな。しかし、誰が私の正気を定めてくれるのだ？　天か？　地か？　ご公儀か？　それともお前か？　いや、誰も定めることはできぬ。己が正道と定めた道を歩めるかどうか。それのみが私の正気を定めるのだ」

異様な迫力であった。

男は岩の上に座ったまま動かない。だが、与力が追い詰められたような悲鳴を上げて太刀を抜いた。

「私を斬るか？」

男は問いを投げつけることで、相手の機先を制しているようだった。声が独特である。低く軋《きし》んでいるのに、遠くまで響く。その声で問いを続けざまに投げかけられると、相手は奇妙な圧力を感じるようであった。

「き、斬る。関を破るような不埒者《ふらちもの》は許さぬ」

「破っておらんだろう」

太刀を抜かれているというのに、男は口調をのんびりしたものに変えた。

「手形を出せと言われた際の、無礼を咎《とが》めているだけだ」

「そ、それが不埒と言うのだ」

「藩主の客分の身ぐるみを剝《は》いで検分しようという方が、よほど不埒だろう」

「問答はここまでだ！」

話を最初に引きもどされた与力が白洲へ下り、足音高く男へと迫る。

「ああ、斬られる」

思わず寅太郎は呟いた。

「斬られる？」

静かに待っていた荘介が驚いて寅太郎を見た。

「このままだとしばらく関所は開かないかもしれない」

太刀を振りかざして間合いを詰めていく与力の腕は、坐《ざ》している男よりすぐれているとは到底思えなかった。だが、間もなく太刀の間合いに入ろうというのに、男は立ち上がる気配がない。

居合ならそれでもいい。だが、男は岩の上に胡坐《あぐら》をかいていた。そこから太刀を抜くことはできない。脇差だと間合いが足りない。寅太郎は、種の力を使って枝を一本飛ばした。与力の目元を掠《かす》め、狼狽《うろた》えた彼は膝をつく。その時である。

「待て！」

突然大声で関所へと駆けこんでくる者がいた。与力の太刀は振りかぶられたところで止まっている。与力は駆けこんできた男の顔を見て慌《あわ》てて太刀を収めた。あまりに慌てていたのか、指先を切っている。この場で初めての血の気配であった。

「お奉行……」

頭を下げる与力を一瞥《いちべつ》した奉行は、岩の上に座ったままの男の前で深々と礼をした。

「由井《ゆい》先生、数々のご無礼、お許しを願いたい」

「いや、ちょっと戯《たわむ》れに付き合ってもらっただけだよ」

ようやく腰を上げる。

「だが、本当に関を破ろうとする者が現れた時、これでは心もとないな。萩は九州と本州の境にもあたる。毛利長門守秀就《もうりながとのかみひでなり》さまが何故この地を任されたか。それは西からの敵を食いとめるため。それが切支丹か島津《しまづ》か、それとも南蛮《なんばん》紅毛の類かはわからんがな」

「先生の話はいつも大きい。それがしの頭だとついていくのも難しいですよ」

奉行は機嫌《きげん》をとるように言った。

「よいよい。さて、貴殿が来たなら、もはや私がここで遊んでいる必要はないということだな」

「間もなく城から迎えの者が参ります。彼らと共に城へとお向かいなされませ」

「私のせいで旅人たちには不便をかけたやもしれぬ」

男は門を開けよ、と奉行に命じた。

「何を……」

「待たされている者たちに挨拶《あいさつ》をしたい」

「そのようなことは……」

「私の望みを拒《こば》むように、殿さまに言われてきたのか」

奉行は首を振りつつ、下役たちに門を開けさせた。寅太郎は〝種〟をしまい、門から姿を現した男を見やる。実に堂々とした風采の男だった。戦国の世の武将が、鎧《よろい》を脱げばかくあろうという雰囲気である。

「立花《たちばな》公と似ているな」

荘介が小声で言った。その押し出しや、どこか人懐《ひとなつ》こそうな口角の上がりぶりなど、確かに立花宗茂《むねしげ》に通じるものがあった。寅太郎たちは、かつて天海の術によってこの世に甦った立花宗茂と死闘を演じている。

だが彼とは別種の、輝きのようなものを感じる。四郎さまに似ている、と言いかけて止《や》めた。彼はこのように理屈っぽくもなかったし、けれんで人を惑わすようなことはしなかった。

由井正雪《しょうせつ》、と名乗った男と一瞬目が合った。不思議な感覚であった。心の中にあるものが掬《すく》い取られるような恐ろしさと安らぎを感じさせる視線の温かさである。そんなところも、かつての主に似通っていた。そして彼は、何かの合図かのように寅太郎に頷いてみせながら、言った。

「もし関を通るのが遅れたことで、商《あきな》いに損が出たり約束に遅れて詰問されるようなことがあれば、何なりと申し出てくれ。私がその責めを負おう。私は萩のお城にしばらく滞在しているゆえ」

旅人たちの多くは、商いで往来している。由井正雪の言葉に、顔を見合わせて胸を撫《な》で下ろしていた。

三

関所を越えて萩までは、平穏な道中であった。

「では俺は城に挨拶をしてくる」

「藩主の前で試合することになりそう？」

「剣術師範を決めるとなれば、そうなるだろうな。そこが好機だと思う。寅太郎は安芸屋《あきや》のつてを使って、同志になりそうな者たちを集めてくれ」

頷いた寅太郎は、一旦荘介と別れた。

安芸屋は、各地に散る隠れ切支丹の豪商の一人であった。城下の商家が集まっている油屋町《あぶらやまち》の辺りにある。他の店と比べてもとりわけ活気があり、小僧や丁稚《でっち》たちがひっきりなしに出入りしていた。

「すみません」

と寅太郎が遠慮がちに声を掛けても、中々気付いてもらえなかった。店の中に入るとさらに多くの手代たちが働いており、算盤《そろばん》を弾《はじ》く音や、丁稚に何やら指示している声で賑《にぎ》やかである。

「あの！」

その声に手代の一人が気付いた。

「新しい丁稚かい？　おかしいな。口入屋からは何も言ってきてないぞ」

「安芸屋さんにお会いしたいんです」

「丁稚が旦那に挨拶するのは当然のことだが、まずは俺が認めなければこの奥に入ることはできないぞ」

手代は怖い顔をしたが、寅太郎が差し出した広島藩主側衆名の紹介状を見て、今度は青ざめて奥へと駆けこんでいった。そしてしばらくして出てくると、狐《きつね》につままれたような面持《おもも》ちで奥へと案内してくれた。

店の構えは奥にも深い。寅太郎は、何気ない商家の造りが、堅牢な城郭《じょうかく》を模していることに気付いた。この建物だけではわからないが、周囲の建物や掘割などを合わせると、曲輪《くるわ》の造りとなる。

「旦那さま、寅太郎さまをお連れしました」

「そうかい、入っておくれ」

安芸屋は穏やかな声で応じる。手代が振り返りつつ戻っていくのを見送り、寅太郎は部屋の中へと入った。

「これはこれは」

安芸屋は下座に移ろうとする。

「止めて下さい。見られたらどうするんです」

寅太郎がたしなめると、安芸屋は申し訳なさそうに頭を掻《か》いて上座に戻った。

四郎から力を授けられた島原最後の生き残りは「聖騎士」と称され、隠れ切支丹の間で敬されているのだ。

「江戸藩邸のお庭を任されたとか」

「庭師の夫婦に世話になって修業を積んでいるのですが、思った以上に合っているようです」

「四郎さまから授かったお力にも関わっているのですかな」

「はい。おかげで大名の藩邸にも出入りできます」

　さすがだ、と安芸屋は頷いた。

「我ら教友の多くが商人となっているのも、それが理由です。城の中から村の辻まで、あらゆる場所の風向きを知ることができる。ただ、庭師はその庭の持ち主の心にまで踏み込むことができる。それは大きい」

「ええ。それに、庭師であることを口実に、表街道を通って西へ来ることができました」

「それまでは山の道を？」

「銀二《ぎんじ》さんという頭が助けてくれていました」

　その名を聞くと、安芸屋は沈痛そうな顔で俯いた。

「宮島《みやじま》での戦いで亡くなられたそうですな……。藩の教友に聞きました」

「山の民の様子も大きく変わっているようです」

「そのことなのですが……」

　安芸屋は声を潜《ひそ》めた。

「山の道が全て閉ざされた……」

　寅太郎は愕然《がくぜん》とした。

「というのも、山の民の多くが里へと下りてきているのです。公儀は彼らを賤《いや》しい民として、周りの者たちに見下させるよう仕向けています」

激しい怒りが巻き起こってくるのを、寅太郎はぐっと嚙《か》み殺した。

「彼らと交わりはありますか」

「商いを通じてはありますが、私があなたの教友であることは知りません」

「山の民は大きな力を持っている。彼らを味方に引き入れることができれば心強いのですが……」

寅太郎も彼らを誘ったことがある。徳川《とくがわ》の世になってから、山への締め付けは時を追うごとに強くなるばかりだ。諸国往来の自由を謳歌《おうか》していた山の民は、国境を越えることを許されなくなり、里へ下りるよう圧力をかけられていた。

「でも、もっとも親しい頭目であった銀二さんですら、味方になってくれなかった」

「公儀のやり方がうまいのでしょうな……」

でうすの教えは、慈愛と許しの神の教えだ。この国にもたらされた教えは、もともとあった教えで満たされることのなかった人々の心を瞬く間に摑んだ。だが、政《まつりごと》を司《つかさど》る者たちにとっては、己たちより敬され、畏《おそ》れられる神など不要なのである。

かつて多くの信者の心を支えたでうすの教えは、邪悪なものとして徹底的に排《はい》斥《せき》された。同じく虐《しいた》げられている者たちですら、そこに頼ってはならぬと思わせるほどに弾圧を加えたのである。

「ぼくの考えは少し違う」

寅太郎はこれまでの戦いを通じて、感じていたことがあった。西も東も、天下には苦しみの中で生きている者は無数にいる。死を選ぶ他ないほどの絶望の中にいる者もいる。だが、自分たちはそこを見ずに、残っている切支丹だけで何とか天下を覆そうと試みてきた。

「ここから新たに布教をする、というわけですか……」

「まずは味方を増やさなければならない」

「しかし……」

安芸屋は戸惑いを見せた。

「味方を増やすにはこちらが何者かを示さねばならないのでは」

「味方である、とわかってもらえばいい。ぼくたちが切支丹であることは、こちらを十分に信じてもらってからでも遅くはありません」

なるほど、と安芸屋は頷いた。

「確かに、こちらが正体を明かして密告されるという恐れも減りますな。そういうことでしたら」

安芸屋は手を打った。

「帰りは夕刻になりますが、それまでゆっくりとなさっていて下さい」

と出て行った。

四

客間に通された江戸から来た少年は、安芸屋の話題の的となっていた。

「あのう……」

店の入り口で立ちつくす彼を丁稚希望と間違えた手代が、彼の接待役《せったい》を任されていた。彼の頼んでいた庭師道具を持ってきた彼は、おずおずと訊《たず》ねた。

「江戸で高名な庭師の先生とおうかがいしましたが」

「高名ではありませんが、庭の仕事をしております」

寅太郎も座り直し、答える。

「師匠《ししょう》と父の教えのおかげで、思わぬ大役を任されることになりました」

「左様ですか」

手代は堂々とした寅太郎のご機嫌をとるように、

「お気を付けなされませ」

とさも大切なことを告《つ》げるように言った。

「萩には恐ろしい鬼が出ると聞いたことがあります」

「お、鬼?」

端然としていた少年が怯《おび》えた表情を浮かべたのが嬉しかったのか、手代は萩城下に出る鬼についてべらべらと喋《しゃべ》った。鬼は毛利家への恨みを唸《うな》りつつ、往来を行く人を斬るのだという。

「それも、ご家中に近い者が何人も深手を負わされているという話です」

「その鬼は一人ですか」

寅太郎の問いに、手代は首を傾げた。

「さあ……鬼に斬られるというところまでは私も聞いていますが。いや、何人かということまではわかりません。一人という話もあればわらわらと群れて出るという話もあり……」

と頼りない。これ以上訊ねても確たることは聞けないと悟《さと》った寅太郎は、この辺りに評判の良い庭はないかと問いを変えた。

「ああ、それでしたら俥屋《くるまや》さんがよろしいでしょう。私も直接目にしたことはないのですが、我が安芸屋に劣《おと》らぬほどの庭を誇ると言いますよ。ただ、あそこの主はかなりの偏屈《へんくつ》者で、番頭にすら庭を見せないと聞きます」

他にも城近くの寺などをいくつか紹介してくれた後、手代は満足した表情で部屋を去った。客人を丁稚扱いした失点は取り戻した、と思ったようであった。

安芸屋の主人はどこかへ出かけたが、帰りは夕刻になると言っていた。萩の町を見ておこう、と寅太郎は表から店の外に出る。城下は美しく区画され、商いを同じくする店は同じ町に集められていた。

縦横に通されている掘割の間に整然と並べるように、町並みが連《つら》なっている。後ろを振り返れば城の天守閣が白く輝き、人々の上に君臨している。だがこれは、偽《いつわ》りの平穏に過ぎない。でうすの教えを踏みにじり、弱き者たちを虐げた上に建つ、幻の楼閣《ろうかく》なのだ。

俥屋は安芸屋から歩いてほどないところにあった。確かに、甲乙つけがたいほどの立派な店構えであるが、安芸屋と違うのは人の出入りがほとんどないことであった。俥屋はその名の通り、商品や人を運ぶ仕事を専《もっぱ》らとしている。

「俥屋がこの萩ではもっとも力のある商人だ」

後ろで声がしたので寅太郎はぎくりとした。

「驚くふりをするのがうまいな」

嗄《しわが》れた声なのに、やたらと胸の奥へと響く声だ。寅太郎はゆっくりと振り向くと、そこには由井正雪の姿があった。

「関所での……」

「ああ、そうだよ」

俥屋を見上げる寅太郎の隣に正雪は立った。特に殺気を放っているわけではないが、あの関所でのやり取りから考えると、虚実を自在に操る技量がある。

「世には不思議がいくつもある」

正雪は瞳を輝かせて寅太郎を見た。

「私は軍学者なので、諸侯に招かれる。先日青山《あおやま》さまに招かれた際に、不思議な庭師の少年のことを聞いた。草木と心を通わせ、その声を理解することができる、と」

この男は何者か、と寅太郎は警戒《けいかい》を強めた。手のひらの中に〝種〟を呼び出す。

「そして関所で、私は奇妙な心持ちであった」

「奇妙?」

「誰かに見られているんだ。そこにいる下っ端《したっぱ》どもとも与力とも違う、静かで、どこか冷たさすら湛《たた》えた視線が私を見ている。はじめは隠密《おんみつ》でも忍んでいるのかと思っていたが、それも違う」

花に見られていた、と正雪が言った瞬間、寅太郎はこの男を殺そうと決意した。〝種〟が芽吹《めぶ》き、刃の葉を茂らせようと伸び始める。だがその時、

「落ち着け!」

正雪が一喝《いっかつ》した。

「誰が敵で誰が味方か、見誤《みあやま》ってはならぬ。このような白昼の往来で発してよい力ではないことは、お前が一番わかっているはずだ」

〝種〟はまだ消してはいない。まだ、何が起こるかわからない。はっと寅太郎が気付くと、その周囲は一面の葦原《あしはら》に変わっていた。術をかけられたことはわかったが、全く気付くことができなかった。

「私は兵法を学んでいてね」

「百万の兵を動かし、天下の趨勢《すうせい》を定める力だ。惜《お》しいことに、お前の主が持たなかった力だ。あれほどの不可思議な術を使えても、兵法がなければ画竜点睛《がりようてんせい》を欠く、であろうな」

「兵法……」

〝種〟を地に落とす。だが、〝種〟はただそこに転がったままで、根を張ることもなければ、芽吹くこともない。〝種〟の力は沈黙したままであった。

「兵法は、突き詰めると心だ。どのような怯惰《きようだ》な兵も、その心一つで精鋭に変わる。一騎当千の精鋭も、一たび堕落《だらく》すればその辺りの童よりも弱くなる」

正雪が手のひらを開く。そこには小さな種が置かれ、見る間に小さな花を咲かせた。

「他者の心を操れば己の力とすることができる。己の心が森羅万象《しんらばんしよう》に繫《つな》がることを知れば、天地の力は思いのままとなる」

天海の術とも違う。

「秘密を知りたいかね？　私の術は多くの人の心をひと所に集める、といったところかな」

由井正雪の総髪をなびかせている風には、かつて走った深山の香りが含まれていた。それは天海のような真言や修験の術とも、四郎のようなでうすの力とも異なっていた。

「山の民の力、ではない？」

「ほう」

正雪が目を細めると、周囲の風景は一変し、元に戻った。

「山を知っているのか」

「……銀二さんを」

「なるほどな」

何事か納得したかのように、正雪は頷いた。

「お前のことを、里で唯二人の友だ、と言っていた。二人とは、私とお前だ。銀二は私に一つ形見を遺してくれた」

そう言って、懐から小さな杯を取り出す。その杯を見て、寅太郎は一瞬呼吸を忘れた。

「聖杯……」

「厳島で銀二の遺体と共にあった。命と引き換えに天海から奪ったものと見える。……おっと、奪おうとしても無駄だ。この聖なる杯はどうやら私を主と認めてくれているようでな。手を触れようとすると先ほどのような結界に飛ばされる。私がお前を敵と見ていないから無事に戻ってこられたが、邪《よこしま》な心を持つようなら見方を変えねばならぬ」

「あれが聖杯の力……」

「違うな」

正雪は意外なことを言った。

「お前たちの宝、持ち主によって働きを変えるのかもしれぬ。この聖杯とやら、しかるべき主が持てばまた違う力を見せてくれるのかもしれん。私はそう感じたな」

銀二からは正雪のことを聞いたことはなかった。聖杯を手にしたこの男を味方として扱うべきか、迷った。

「そういう顔をされるのは慣れているよ」

既に周囲の風景はもとの倖屋の前に戻っていた。

「私には叛骨《はんこつ》がある。誰をも信じられず、誰にも信じられない。だから、全てに信じさせてみたいのさ。そんな私をお前は助けてくれた。それが嬉しかったのさ」

少し寂《さび》しげに笑い、城の方へと歩み去った。

五

「聖杯だと……？　どう考えるべきなのかな」

荘介も迷っているようであった。

「敵なのか味方なのか……。ただ、少なくとも聖杯の力を使って我らの邪魔をするわけでもないし、聖遺物の一つが公儀側にないのは僥倖《ぎょうこう》だ」

様子を見よう、というのが二人の結論だった。

「それにしても、旅に出れば必ず厄介《やっかい》な奴が道連れになるのは何とかして欲しいな。動きづらくて仕方がない。ただでさえ食いつきが悪いというのに」

苦い表情である。

「食いつきが悪い？」

荘介がまず挨拶に向かったのは、家老を務める益田就宣《ますだなりのぶ》であった。紹介状をやけに時間をかけて読んだ就宣は、

「このまま帰ってくれぬか。もちろん、ここまでの路銀は払う。指南役として仕

えてくれた場合の十年分の俸禄を詫び代として支払おう。それで堪忍《かんにん》してはもらえないか」

と思わぬことを言った。

「江戸から呼び出しておいてその扱いは、人を愚弄《ぐろう》しているとしか思えませぬ」

荘介は激しく気色《けしき》ばんで見せた。

「私は確かに浪々の身。萩藩に仕えることができればこの上ない栄誉だ。その栄誉こそが、武士としての面目《めんぼく》を施《ほどこ》すこと。勝負に負けて去るのであれば納得もいきますが、このような辱《はずかし》めを受けてはもはや生き永《なが》らえることはできませぬ」

その場で腹をくつろげて脇差を抜きかけた。

「あいやしばらく！」

側用人《そばようにん》でもある家老は飛びついて止めた。

「此度《こたび》のことは我らが悪い。この通りだ」

役目柄、側用人は頭を下げるべき時には全てをなげうって下げる。己の体面よりも、主君と藩の面子《メンツ》のためにあらゆる手立てを講じるのが仕事である。

「実は今の指南役である福原惣佐《ふくはらそうざ》どのが具合を悪くしてな」

「では試合ができるまで待たせていただこう」

「いや、それがな……」

側用人も、もちろん指南役である惣佐の態度の悪さには眉《まゆ》をひそめていた。だが、藩主のお気に入りであり、しかも一門衆だ。

「士道一新のためとはいえ、恥をかかせるのはどうか」

という異論が重臣たちの間で出ているという。そのために呼ばれたはずなのに、と荘介は内心落胆した。御前試合で己の武を萩中に見せつけ、そこから師範として徐々に士心を摑んでいき、最後には幕府に戦いを挑ませる。その謀の前の段階でつまずくことになってしまう。

「承《うけたまわ》った。ただ、一つお許し願いたい」

「何でござろう」

「この萩藩の招きのこと、そして御前試合で剣を合わせるはずであった惣佐どのはそれがしから逃げた、と申してもよろしいか」

側用人は青ざめた。

「それは惣佐どのの面子に関わる」

「それがしにも面子がござる」

しばらく考え込んでいた側用人は、

「もし千々石どのさえよければ、我が藩で召し抱えるがいかがか。肩書きは……剣術指南補佐、とすれば互いの面目も立とう」

「仕官の儀、長門守さまもご承知なのでしょうか」

「もちろん。私からよくよく申し上げれば必ずやお聞き届け下さる」

わかりました、と荘介も一度引き下がった。

「かくなれば、確たるものもいただきとうございますし、殿さまもご準備がございましょう。城下の安芸屋に引きさがり、お召しを待ちとうございます」

側用人は安堵《あんど》の表情を浮かべた。

「安心して待っているがよい」

ということで、荘介は城から退出して安芸屋へやってきたのである。

「では城の中では仲間には会えなかった、ということ？」

「さすがに好き勝手に動き回るのは無理だ」

荘介は萩城下町の絵図面を安芸屋に出し、前に広げた。

「安芸屋さん、士分で一番頼りになる人は？」

「それは間違いなく、益田勘解由《かげゆ》さまでございましょう」

「益田というと名族だな。今日相手をしてくれた家老も益田姓だった」

「勘解由さまはそのご家老就宣さまの叔父《おじ》にあたる方です。萩で切支丹が絶えたのは寛永九年です。その時、勘解由さまが秘かに手を回し、死罪になった者以外に銭や職を与えて救いました」

「彼自身は疑いを持たれなかったのか」

「勘解由さまはでうすへの想いを誰よりも強く抱くがゆえに、教友の苦境を見ていられませんでした。一人地獄へ堕《お》ちる覚悟を固められ、主の絵を踏まれたのです」

そう言って十字を切る。

それはここにいる三人も変わらなかった。皆、でうすの絵を踏み、地獄に堕ちる覚悟はできている。全ては切支丹の持ちたる国に天下を変えるためだ。

「そういう男ならあてになる」

だが、白昼堂々訪れることは憚《はばか》られた。寅太郎たちの存在は、それぞれの国に数人しかいない「修道騎士」と呼ばれる高位の切支丹しか知らない。益田勘解由はもちろんその一人だが、寅太郎や荘介はいまや萩で注目を集める存在であった。

「夜を待とう」

二人は頷き合い、その場を離れた。

商家の庭を見て、寅太郎は時間を過ごす。荘介は刀の手入れを始めている。こうして何かを待つことには慣れていた。雑念が無数に浮かんで、そして消えて静かになっていく。

「きよ……」

思わず口に出すと、刀身を見つめていた荘介がこちらに目を向けた。

「ごめん」

「いいんだ。人の心はずっと強くあることはできない」

荘介は咎めなかった。

「俺も多くのつわものと刀を合わせた。父も強かった。立花宗茂などを思い起こすと、戦国の世はどんな化け物《もの》が跋扈《ばっこ》していたのかと、恐ろしくなる」

「世情で人も変わるのかもしれない。生きるのも死ぬのも、誰かに操られているみたいで、時々気味が悪くなる」

人々が絶望に打ちひしがれていたから、四郎のような救い主が現れたのだ。戦わなければならないから、寅太郎は自分たちのような存在が生き残ったのだと考えている。

「いちやきよが俺たちより先に死んだのも、意味があることなんだよな」

荘介も、自らに言い聞かせるように呟いた。

「いずれ皆が行く道だ。先に行った者を思うよりは、生きている己の時を思わねばな」

死んでからこれほど想うとは、と寅太郎も戸惑っていた。初めて御手洗《みたらい》で交わった彼女も、目の前で命を散らしていった。

庭がゆっくりと夜の闇に沈んでいく。安芸屋の女中が持ってきてくれた食事を平らげ、すぐに休むと告げておく。起きている人の気配が店から消えたのを見計らって、庭へと出る。

「行くか」

覆面をした荘介が、見事に気配を消して待っていた。

「益田勘解由たち重臣の屋敷がある堀内《ほりうち》は、春日《かすが》神社脇にあるそうだ」

詳しい場所は安芸屋が教えてくれていた。

六

屋敷の門は立派だが、途中から生垣に変わっている。庭の手入れはほとんどされておらず、暮らし向きは上々とはいえないようであった。門から生垣を十一歩歩いたところに、頭ほどの大きさの石が落ちている。

その下に寅太郎が手を伸ばすと、一枚の紙片が入っていた。

「拍、拍、拍、休、拍。然《しか》る後、母なる人のこの国で化したる名を述べよ……」

寅太郎と荘介は庭に忍び入ると、微かに灯《あか》りがついている部屋の前で周囲を見回した。紙片に書かれていた通りに障子を叩き、聖母を祭る時に使う似姿である、観世音菩薩《かんぜおんぼさつ》の名を口にした。

部屋の中で人が立ち上がる気配がして、寅太郎たちはわずかに後退する。罠であったらすぐさま退散する備えである。

すう、と障子が開いて男が顔を出す。寅太郎は大きく跳び、手の内に種を呼び出した。荘介が柄《つか》に手を掛けたところを、男は間合いを詰めて柄頭を押さえた。

「慌てるな」

くちびるだけを動かして由井正雪は言った。

「殺す気なら、もう殺している。話を聞く気があるなら、中へ入れ」

荘介は寅太郎を見た。

「疑い深いのは悪くない。だがこの少年にも言ったが、敵を見誤るな。そうして滅んだ奴らは、史書を繙《ひもと》けばいくらでも出てくる」

寅太郎は頷き、〝種〟を収めた。正雪と荘介はしばし睨《にら》み合っていたが、剣術の型稽古《かたげいこ》のように互いにゆっくり下がり、姿勢を緩めた。

部屋には、もう一人男が座っていた。総髪で黒々とした髪の正雪とは対照的に、わずかに残った白髪を結った老人である。

「益田勘解由と申す」

荘介と寅太郎は腰を下ろし、頭を下げた。

「島原から先、よくぞご無事でしたな」

厳しい顔つきの老人で、ねぎらいの言葉にも叱責《しっせき》しているかのような険しさがある。だが、弾圧に耐え続けている者の中にはこのようになる例も少なくない。

「萩の教友は、いよいよ最後の戦いに出ようとしておりました。肥前《ひぜん》の修道騎士から、皆さまのことは聞き及んでおった。四郎さまからでうすの力を授かり、決戦への備えを進めている、と……」

　寅太郎は何より、正雪のいる前で、勘解由がためらうことなく自らを切支丹と明かしていることに驚いていた。

「だから、敵ではないと言っておろうが」

　正雪は呆れていた。

「では、何を企《たくら》んでいる？」

「私か？　私はこぼれる者のない世を望んでいる」

　正雪の表情は静かなものへと変わっていた。

「こぼれる者？」

「徳川の政は大きく見れば決して悪いものではない。兎《と》にも角《かく》にも、戦の世を終わらせた。これはとてつもないことだ。足利《あしかが》家は早々に天下の仕置きを捨て、世は乱れに乱れた……応仁《おうにん》の乱のあたりを境に、戦乱は大きく、激しくなった。百年を超える動乱を最後に治めたのは、徳川家であった。

「乱が起こらぬようにするには如何《いか》にすべきか」

　正雪はまさに軍学の講義を行うような口調になってきた。

「上はあくまでも強くなければならぬ。下の怠《おこた》りを常に見て、わずかな緩みがあれば即刻罪を断ずる。乱を起こせるなら起こしてみよ。全て返り討ちにしてくれる。大戦の勝ちの憶《おぼ》えがまだ残っているうちに威を示し、反しようとする心を折るのだ」

「ですが、それは大名家をはじめとする武士たちのみに通じるのではないのか」

荘介が言葉を挟んだ。

「民たちを縛《しば》る手だてはさらに巧《たく》みだ」

正雪は瞳に怒りの炎を燃え上がらせた。

「互いに憎み合い、蔑《さげす》み合うように、互いの間に壁を作らせた。土を耕《たがや》す者はそうでない者を蔑み、手に技のある者はそうでない者を蔑み、金のある者はそうでない者を馬鹿にする。そして……」

正雪は一度言葉を切った。

「これまで何者でもなく、山野を、海を思うがままに往来していた、もっとも強き者たちを、全ての下に置いた」

正雪の目は、真っ赤に充血していた。

「もう一度言う。政としては決して誤りではない。民をどれだけ搾《しぼ》ろうと、己たちより悲惨な暮らしをしている姿を見れば、浅ましいことに人の心は癒《いや》されてしまう。だが、かつての誇りを取り上げられた者たちの心は、魂はどうなる？」

ぎらりと寅太郎を見据えた正雪は、

「切支丹はそうはならなかった。抑えつけると、徒党を組んで戦いを挑んでくる。公儀としては、誰かの下に置くわけにもいかない。だから滅ぼすしかない。そして圧倒的な力で、滅ぼされた」

声を低くした。

「山や海の民は、選ばねばならなかった。いくら一人一人の力が里の者たちを圧倒しているとはいえ、数万の犠牲も厭《いと》わず押し寄せてくる公儀の力に抗《あらが》うことはできない。誇りのために死ぬか、命のために生きるか」

寅太郎の胸倉を摑みそうな勢いだ。こうして人の心を捉えていくのか、と寅太郎は冷静に感心していたが、次の言葉を聞いて啞然となった。

「短慮は謀を誤らせる。これを避けるには新たな一手を編《あ》み出さねばならぬ。お前たちだけで公儀に戦いを挑むのは、まさに天草四郎と同じ愚を犯すことになると気付け」

「萩でのことは全て諦めろ、と仰《おつしや》るのですか……」

「そうだ。長門を取ったところで東西から挟撃されて滅びるだけだ」

正雪は静かに、寅太郎に言い渡した。

七

益田勘解由は、正雪の言葉を口惜《くや》しがるどころかどこか安堵しているようであった。

「戦う顔つきじゃなかったね」

安芸屋に戻ってから、寅太郎はやっとのことでそう言うしかなかった。

「命を賭《と》して我らに急を告げるほどに、追い詰められていたはずなのに……」

荘介もどう気持ちの置きどころを探してよいか、わからなくなっているようであった。

「由井正雪……」

ただ思い付きを二人に話しているわけではなかった。正雪は益田勘解由の同意を得ると、でうすの教えを捨てていない藩士のもとを秘かに訪れ、蜂起を思いとどまるように説得して回ったのである。

こちらの言葉に従わなければ訴え出る、と言われれば拒むことはできない。相手は藩主からの招きを受けた軍学者なのだ。

「こうなっては、萩に長居する理由もなくなったな……」

「由井正雪の魂胆がはっきりしないうちは、近くにいるのは危ないね」

「俺もそう思う」

だが、彼らがすぐに萩を後にすることはできなかった。側用人から事情を聞いた藩主、毛利秀就が荘介に強い同情を示したからである。

「その腕をぜひ拝見したい、との仰せで」

「左様ですか。光栄なことです」

喜ぶふりをしてはみたが、内心は複雑であった。

「拝見、ということは演武をすればよろしいでしょうか」

「いやいや、試合をしてもらいたい」

「福原惣佐どのと？」

「しばらく体調を崩されていたのだが、江戸から来た剣士に臆病者《おくびょうもの》と思われたままなのは耐えられない、と」

「そのことなのですが……」

荘介はもはやそうは思っていないと告げた。

「病は気の持ちようとはいうものの、思わぬ時に罹《かか》ってしまうもの。まずは養《よう》生《じょう》に努《つと》めていただきたい。私も仕官への思いが強すぎ、かえって醜《みにく》い我執《がしゅう》をお見せしてしまいました。この通りでござる」

そう頭を下げる。

「いやいや、見上げたお心がけに存ずる。では、我が藩への仕官も……」

「心迷うところではございますが、武人としての本分を一に考えたく」

側用人は供回りの者に何か言い含めると、小箱を取り出した。

「これは？」

「お納め願いたい。五百両ある」

悪びれることなく押し出した。

「殿の前で試合をこなしていただければ、さらに五百出しましょう。万端、障《さわ》りのないようにやっていただければ」

「試合に手心を加えよ、と」

「そなたのような武人に敢《あ》えて負けよ、とは言えませぬが……」

全てを言わず、

「試合は三日後を予定しています」

と去っていった。


夜はことのほか寝苦しかった。

じっとりと額に浮かんだ汗を、荘介はぬぐう。

最近、悪夢を見るようになった。島原の戦いの後、よく悪夢を見た。かつて原城で共に戦った仲間たちが無残に殺されていく夢だ。

その悪夢の中身が、最近変わった。島原の夢ではなく、江戸の夢を見る。寅太郎や仁兵衛《にへえ》、佐七《さしち》などが、激しい炎の中で戦っている。それぞれの秘術を尽くし、その足元には敵の死体が山となっていた。

「やめろ……」

決戦、ということはわかった。天下の趨勢を決める戦いは、自分たちが起こしてみせる。たとえ誰も味方になってくれなくとも、でうすは見ている。そして必ず、正しき教えは勝つ。

その信念が揺らいだことはない。なのに夢の中の荘介はいつも仲間の後塵《こうじん》を拝していた。その理由を探していた。

炎の中に、巨大な影が立っている。

「父上……」

あの影を斬らねばと思うのに、体が動かない。仲間たちの影が一つ、また一つと炎の中で消えていく。

「荘介さん」

同じ部屋で寝ていた寅太郎が目を覚《さ》ましていた。

「案ずるな。夢を見ていただけだ」

未明の暗さの中に、朝の気配が混じり始めている。

「試合、どうするの」

「どうもこうもしない。尋常《じんじょう》に勝負して、勝つ。側用人は負けて欲しそうにしていたが、それは俺の知ったことではない。相手は少なくとも武士としての誇りは失っていないようだ。だとすれば、手心を加えることこそ、失礼になる」

「良かった。勝つつもりだ」

「負けを思って勝負の場に出る剣士はいないよ」

だがそこで気になった。

「寅、俺はそんなに弱気になっていたか」

「弱気というより、迷いがあるように見えた。ぼくがきよのことを考えて心が揺れてしまったように、荘介さんも揺れているように見えた」

仕官をしたいか、と寅太郎は訊いてきた。

「正直なところ、それも悪くないかとも思ったよ。晴れて萩藩士になっても苦労はあるだろうが、浪人暮らしよりはましだろう。切支丹であることを隠していれば、平穏な日々も続けられる……。いちがいたらな」

「そうして言葉にできるのは、強いことだよ」

「一瞬でも迷っている分、弱いのだ」

そう言った荘介は部屋から出て顔を洗い、身を清める。安芸屋が出してくれた朝餉《あさげ》の膳には、勝ち栗が添えられていた。

八

萩城の二の丸前の広場に、試合場は設けられていた。正面には藩主の秀就が座り、その両脇に小姓《こしょう》が控《ひか》え、重臣らしき身なりの立派な老臣が数人居並んでいた。武芸優秀として選ばれた数人の若い侍も、正装して試合場を見つめている。

寅太郎は庭に忍び入り、その試合場を見下ろせる庭木の枝に立った。

「これより福原どのと千々石荘介どのの試合をご覧いただく。これによって我が藩の武芸の興隆《こうりゅう》を図《はか》り、今後の修練に生かしてもらいたい」

やがて、太鼓《たいこ》が一つ鳴らされ立会人が入ってきた。その顔を見て寅太郎は驚いた。正雪が眩《まぶ》しいほどの白い袴《はかま》で試合場の中央に立つ。彼が頷くと、東西から荘介と福原惣佐が入場してくる。双方袴の股《もも》だちを高く取り、白い襷《たすき》を掛けている。

木剣の長さは、荘介が二尺三寸で刃幅もごく尋常なものだ。だが惣佐の持っている太刀は五尺以上はありそうな野太刀だ。斬馬刀や力士刀とも言うべき、泰平の世には珍《めずら》しいものだ。

「尋常に」

正雪がそう言うと、するすると下がる。荘介は剣を腰に差したまま抜かず、自然に立って相手に対している。

惣佐は長大な剣を肩に乗せ、わずかに腰を落とした。

力士刀は通常の太刀のように扱うことはできない。体全ての力を使い、一撃で勝負を決める。元が甲冑《かっちゅう》武者や防具をつけた馬を相手にした武器なので、今の世には全く不向きであるはずだ。

「荘介さん、何か策があるのかな……」

荘介は居合を使う構えだった。得物の間合いがあまりにも違う。普通に構えていては先に刃先が届くのは相手だ。足さばきでかわすという方法もあるが、それへの備えがないとは思えないほどに、隙《すき》が無かった。

荘介はじりじりと間合いを詰める。

相手は力士刀を扱うだけあって、かなりの巨躯《きょく》である。体調を悪くしていたというのが嘘《うそ》のようであった。

力士刀の間合いに一歩の所まで、荘介は詰めた。相手は肩に担《かつ》いだ刀の先を微動だにさせず、動かない。だが、双方の間に殺気が漲《みなぎ》り始めていた。

その時、惣佐がするすると下がった。一瞬、場にいる全ての者が虚を衝《つ》かれた。惣佐が刀を振り上げ、いきなり地面に叩きつけた。木の大刀が砕《くだ》け散った、と見えたがそうではない。何かが光り、それが真剣であることに気付いた時には、惣佐が藩主の方へと駆け出していた。

正雪がこちらを見た。何かを叫んでいる。

「藩主を助けろ！」

そう聞こえた。〝種〟を呼んで地へと落とす。寅太郎の〝種〟は植物の力を使って周囲を見聞きする他、武器としたり、時には敵の血を吸わせ花を咲かせることもできる。

だが、寅太郎にはためらいがあった。藩主は言うなれば敵である。長州の切支丹を滅ぼした公儀の一員だ。だが、〝種〟が伸ばした根を伝って、奇妙な感覚が伝わってきた。

数人の藩士が抜刀してこちらへ向かっている。その足音は、かつて厳島で寅太郎たちを招きに来た者たちと同じであった。覆面をしているが、焼けただれた顔を晒《さら》している者もいる。まさに鬼の形相《ぎようそう》で、立ち塞《ふさ》がろうとした者たちが数人、斬って捨てられた。

そして、惣佐の力士刀が藩主へ迫ろうとした。小姓たちは驚きから覚め、本来の務めを思い出す。体を張って主君の前に立った二つの肉体が両断された。

「我らに助けを！」

惣佐は叫んだ。その声は荘介に向けられて発せられた。はっとなった荘介は寅太郎と正雪を一度ちらりと見ると、一気に惣佐の側へと立つ。

「やはり聖騎士は我らの側に……」

惣佐が言いかけた次の瞬間、血煙と共に倒れていた。荘介が居合で抜いた瞬間、その胴を撫で斬ったのである。突入してきた反乱者たちも、寅太郎の〝種〟に血の花を咲かせられるか、正雪に跪《ひざまず》かされていた。おびただしい血とその臭いが広がっていく中、誰もが言葉を失っていた。

「誰も動いてはならぬ」

正雪は言った。

「この中で萩毛利家の取り潰しを願う者はいるか」

誰もが黙っている。

「おらぬな。それを願っている者たちは、全て成敗された。毛利家中は塗炭《とたん》の苦しみを味わってきた。萩での労苦も聞き及んでいる。城内の刃傷沙汰《にんじょうざた》は、剣術指南役の乱心と届け出られよ」

家老の一人が、

「それは家中でよくよく話し合ってからにいたす。彼はこれでも毛利の一門六家の出であるから……」

だが、正雪は一喝して黙らせた。

「貴殿は主君を浪々の身に落としたいのか」

「ありえぬ！」

家老は憤然として言った。

「貴殿は惣佐の出た家と近いな。その立派な家柄と豊かな暮らしも、主家あってのことだと忘れてはいないだろうな」

「失敬な！」

「この危急の秋《とき》に失敬もくそもあるか！」

それまで黙っていた藩主秀就が立ち上がった。

「由井先生の言葉の通りにいたそう。我らがまずなすべきことは、身を保つことである。身を保ってこその体面だ」

その言葉に家老は顔を伏せる。寅太郎が益田勘解由の表情をうかがうと、青ざめてはいたが、動揺を表に出してはいなかった。他の家老と共に、場を収めにかかっている。もはやこれ以上の変事はない、と寅太郎たちは城を後にした。

「萩の切支丹は割れていた、ということか……」

しばらくして呟く荘介の表情は暗かった。

「惣佐が体調を崩していた、というのは藩主を襲う備えを整えるための口実であったのだな」

益田勘解由は惣佐が仲間であることを寅太郎たちに告げなかったが、惣佐の企てを知らないことはあり得なかった。そうでありながら、惣佐にも寅太郎たちのことを告げていなかった気配がある。

「何をやってるんだ……」

ここで止めなければ、萩の切支丹はより厳しい弾圧を受けたであろう。教友とはいえ、殺すしかなかった。しかし、同じ切支丹に手を下すのは、何より辛いものがあった。

荘介は暗澹《あんたん》たる表情でため息をつき、寅太郎も砂を嚙むような思いで旅路を急ぐほかなかった。

第二章　大樹の病

一

井上政重《いのうえまさしげ》は広島からの知らせを待ちわびていた。

天海が西に向かったとの報を受けて、切支丹討滅の実戦部隊、闇羅衆を率いる下総国高岡《しもうさたかおか》藩主は佐橋市正にそのあとを追わせていたのだ。

大目付としての日々の務めを果たしながら、胸騒ぎと戦い続けている。

「わしもまだまだ未熟だな……」

書見台から目を離し、ため息をつく。京都でも難しい問題が頭をもたげ、政重もその対処に追われていたのだ。幕府に対して批判的な後水尾《ごみずのお》上皇が娘を皇位につけて十数年が経とうとしていた。

徳川家は自らの血筋を天皇家に入れることで、自らの権威を高めようとしていたし、また、公家《くげ》や皇族を統御しようとしていた。

だが、皇位についた女性は結婚ができない。女子を入内《じゅだい》させることを目論《もくろ》んでいた幕府側は盲点を衝かれる形となった。

「何やらよからぬことを企んでいるのではないか」

江戸には京都に対する不信が根強くある。

幕府には英才が揃っているが、朝廷には二千年分の闇がある。京都には板倉重宗《いたくらしげむね》という、朝廷との交渉のために生まれてきたような男が所司代として睨みを利《き》かせているが、それでもその心底を探り切れないもどかしさがあった。

老中の松平信綱《まつだいらのぶつな》は、その任を井上政重に委《ゆだ》ねつつあった。

「切支丹の相手もそろそろよかろう」

信綱がそう口にした時には驚いた。

「まだ終わったわけではございませぬ」

「切支丹は常に気にしておかなければならぬ相手だ。だが、政はそれだけを考えていてよいものではない。貴殿のような力も才もある者が、戦う体《たい》をなしていない敵を追い続けるのは無駄なこと」

そうして与えられた仕事が、京都の動静を探り、皇族や公家の動向を監視することであった。

「閻羅衆はいかがいたしましょう」

「他の藩から出向いてきている者は、元の藩へ戻すように。高岡藩士で閻羅衆としての任についている者は、そのまま切支丹の討滅が確かめられるまでは警戒の任にあたれ」

当然、政重は信綱の指示通りに淡々と行動した。

他藩から借りていた剣士たちに別れを告げ、これまでの苦労を労《ねぎら》うだけの報《ほう》奨《しょう》を与えて帰した。激戦を共にしてきた男たちも、感傷をわずかによぎらせただけで、一礼して去っていく者がほとんどであった。

「失礼します」

今日もまた一人、別れを告げなければならない。入ってきた男に事情を説明する。だが男は、今までと違いただ一人、

「切支丹は滅んでいません」

と言葉を返してきた。尼崎《あまがさき》藩士の吉岡源蔵《よしおかげんぞう》である。

「私もそう思うよ」

政重はこれまでの戦いから、本当に叩かなければならない敵がいることを感じていた。江戸で御蔵奉行を倒した者たちも、仙台《せんだい》での切支丹たちを手助けした者

たちも、結局は正体を摑めぬままである。

「天海さまが西へ向かったのでしょう？　どうして俺も市正の供につけてくれはらなかったんです」

「そう怒るな」

謹厳な政重だが、吉岡源蔵のざっくばらんなところが嫌いではなかった。

「頭の日が曇《くも》っているとわかれば怒りますよ」

「この通り曇ってはおらぬよ」

「はっ」

源蔵は鼻で笑った。政重にこのような態度をとるのも、彼一人である。

「俺の殿はあなたではありませんからな」

そう言って憚らない。

「殿が命じるから、お頭に従っているのです。ですが、お頭がしくじれば、俺に責めがないとは言えますまい。そうなれば、殿に恥をかかせることになりかねないですからな」

「わかったわかった」

閉口して両手を上げた。

「ご老中には切支丹はまだ残っていると申し上げているのだが、中々ご理解いただけない」

「それは証がない、という理由でしょう？　そして、そのようにご老中をはじめお歴々に、証のないことに労力を注ぐのは無駄だと吹き込んでいる者がいる。正に亡国の論と言わざるをえませんな」

「源蔵、言葉が過ぎる」

「国が滅びれば過ぎた言葉も足《た》りなかったと振り返られることでしょうよ。もっとも、振り返る者が残っていればの話ですが」

政重は、彼らの動きを制しようとしている者の顔がはっきりと浮かんでいた。

「あの御側役さまとは、もう少しうまくやれないものですかね」

政重と役名は違うが、同じく全国の動静を監視する役に当たっている者がいる。それが、中根《なかね》正盛《まさもり》、という男である。

「目指すところは同じはずなのだが、それ故に私が邪魔なのであろうな」

政重はため息をついた。

武士としての格は、政重の方がはるかに上である。高岡藩主という大名であるのに対して、正盛は旗本で、禄高も千五百石に過ぎない。だが、

「上さまの写し身のような御仁だ」

小納戸役から側衆に抜擢《ばってき》され、諸大名と将軍との取次を務めているため、そう評されるその権威ははかりしれない。

「しかも、頭は抜群に切れる。伊豆守《いずのかみ》さまに匹敵《ひってき》する者は、幕閣に人多しといえども彼と阿部《あべ》豊後守《ぶんごのかみ》のみであろうな」

「筑後守《ちくごのかみ》さまはどうなのです」

「私などは話にならぬ」

「ならぬとわかっているのであれば、何故先手を打たないのです」

取次という立場は、相手方の事情に通じていなければ務まらない。取次を頼む方は、自らの事情を知ってもらおうと懸命《けんめい》になる。いきおい、彼のもとには天下の諸侯の動静が多く集まった。だが、誰もが公儀に弱みを知られたいわけではない。自らに都合の良い言葉だけを連ねる者も、少なくなかった。

ある時、正盛は将軍・家光《いえみつ》から加増を打診された。

「無用です。私の権威は上さまあってのことで、石高にあるわけではありません。私は取次として諸侯と上さまの間に立つのみ」

正盛の受け答えは決して早くない。だが、一度言葉に出したことはまず曲げない。口に出す前に、何度もそれが己の心に、天下の理に沿うているか確かめるのだ、と家光に話したことがあった。

「加増が嫌なら、何を望む」

「もし望みを聞き届けていただけるなら、一つございます」

これは珍しいことであった。正盛が家光に何かをねだるなど、近くで使うようになってから一度もなかったことである。だが、その願いを聞いて家光も驚いた。

「甲賀衆《こうがしゅう》だと……」

徳川家では、家康《いえやす》の側近であった服部半蔵《はっとりはんぞう》をはじめ伊賀者《いがもの》と武田《たけだ》忍びがその耳目となって活躍した。

一方の甲賀衆は、伏見《ふしみ》城で鳥居元忠《とりいもとただ》を裏切るなど、徳川家の印象は悪かった。当然、天下が定まれば冷遇されて多くは百姓《ひゃくしょう》身分に落ちるか、士分を保ったとしても貧窮《ひんきゅう》にあえいでいた。

何とかその技を生かして仕官の道を探ったが、世そのものが忍びを必要としなくなっていた。

かつて家康を支えた忍びたちは栄達し、その技を次の世代に伝えることを怠っていた。そして既に、忍びとして死ぬ気概を失っていた。しかし甲賀衆は、いつか自分たちの技で日の目を見ることを諦めていなかったのである。

「しかし、甲賀衆は我が家に仇《あだ》をなした連中だぞ」

「天下さまがそのように狭量《きょうりょう》なことを申されてはなりません。非を悔い、忠誠を誓う者を受け入れることで、その仁慈《じんじ》は人々の心を動かし、泰平は盤石《ばんじゃく》のものとなるのです」

家光は正盛の願いを聞き届け、甲賀衆を彼の下につけた。そして島原の乱が勃《ぼっ》発《ぱっ》し、中根正盛からの招きを受けた彼らが勇躍したのは言うまでもない。

「中根さまのお心に応え、我らが本領を発揮するのはこの時ぞ」

甲賀衆は必死の働きを見せた。

原城を隅から隅まで検分し、その弱点を明らかにし、水場に毒を投げ込み、主だった将の首を掻き切って城の中に混乱をまき散らした。

もちろん、忍びであることがばれて捕まった者もいたが、生爪を剝がされても己が甲賀衆であると口を割った者は一人としていなかった。

正盛は乱後も彼らを離すことはなく、鍛錬を続けるように厳命した。

「お前たちはこのまま、何の取り柄もない御家人や旗本の中間《ちゅうげん》として生きていきたいか」

そう訊ねた。

「忍びとして生きとうございます」

皆が異口同音に答えた。原城の攻防戦は甲賀衆にとっても厳しい戦いであった。だが、忍びとしてその力を遺憾なく発揮し、勝敗を左右できた。行き詰まった生よりも、死の瀬戸際にある喜びを、彼らは手放すつもりはなかった。

「天下さまの忍びとして生きよ」

それ以降、彼らは表舞台に出ることはなくなったが、正盛の命を受け、廻国者と呼ばれる隠密となって全国へ散っていた。

島原の乱後に切支丹掃討は、切支丹に詳しく、また正面からの打撃力に勝る政重の闇羅衆に任された。

彼らは諸国から集められた精鋭の集団である。その活躍によって、武力をもって公儀に抗おうとする勢力は、一つずつ潰されていった。数年のうちに正盛は全国の甲賀衆からの報告によって、切支丹たちはほぼ息の根を止められた、と考えるに至った。

「俺たちが厄介者になりかねない、と中根どのは考えているようだ」

藩を横断して精鋭が集まっているのは、彼ら以外にいない。政重はかつて切支丹だった過去がある。それを正盛は気にしている気配があった。

「甲賀者を許した心で、私も許してもらいたいものだ」

「許す許さないではありませんな」

源蔵に言われるまでもなく、政重も理解していた。政は昨日から明日へと全て引き継《つ》いでいくことである。一つが終われば、次の何かのために備えをしておかなければならない。

正盛はそれも怠ってはいなかった。

「諸侯の中でご公儀に逆《さか》らう者はいなくなりました。不満すら表に出すことは稀です。そして、切支丹の抵抗がなくなった今、必要なことは諸国の動静を正しく知ることのみです。もし良からぬことが発覚したとしても、上使を送るだけで事足ります」

そう家光に進言したのである。

「そのような動きを嘲っていたのは、天海僧正だった……」

政重が瞑目《めいもく》した時、誰かが早足で近付いてくる音が、廊下から聞こえた。

二

「どうした」

障子の外に膝をついた近習に声を掛ける。

「佐橋どのがお帰りです」

まことか、と喜びつつ、

「無事だったか……すぐに通せ」

政重は命じた。

やがて、廊下を進んでくる足音が近付いてくる。その音を聞いて、政重と源蔵は顔を見合わせた。やがて、障子の前で足音が止まった。

「佐橋市正、ただいま戻りました」

声は確かに、聞き覚えのある若々しい市正の声だ。だが、源蔵が膝を立て、柄に手を掛けて政重を制した。

「市正、俺がわかるか」

「声からすると、源蔵さんだと思いますが……」

だがそれでも、源蔵は構えを崩さない。

「以前、筑後守さまについて吉原《よしわら》に行った際、敵娼《あいかた》としてついたのは誰や」

その問いに、答えは中々返ってこなかった。その沈黙があまりにも長いので、

「もしや、何者かが市正の名を騙《かた》っているのか」

と政重が声なき言葉で源蔵に訊ねたほどである。だが、沈黙の後で立ち上がった源蔵は、すっと障子を開けて、困惑している市正を招き入れた。

「お前のような初心《うぶ》な男が、女の手ほどきをしてくれた敵娼を上役の前で口にするなど、恥ずかしくてでけへんやろ。すらすらと言えば、俺はお前を斬るつもりやったわ」

政重はううむ、と唸って腕を組んだ。

「お頭は高岡藩主として市正に接しているかもしれませんが、俺とこいつは閻羅衆の一員として轡《くつわ》を並べて戦ってるんです。馬には乗ってないけどさ」

「や、源蔵の心がけはまことにあっぱれだ」

「あっぱれはいいんですがね、そのあっぱれな仲間たちを解散しようってんですよ。これでもし、切支丹の連中が息を吹き返してきたらどうするんです？　藩も違う連中が互いの恥ずかしいところまで見せあって理解するのに、どれほどの時

が必要だとお考えなのですか」

これには政重も完全に参ってしまった。

「源蔵の言葉はもっともである。ご老中には閻羅衆の存続を改めて申し上げる。ただ、そう申し上げる以上は……」

「手土産《てみやげ》が必要ですね」

それを言ったのは、市正であった。


数日後、東海道《とうかいどう》を西へと向かう市正と源蔵の姿があった。

「さすがは筑後守さまやな」

箱根《はこね》宿で三度目の風呂に入り、大股を広げて涼《すず》んでいる吉岡源蔵は上機嫌で言った。

「うちの殿さまに断って、自腹を切って我らを西へ送り出してくれるとは」

「殿はそういうお人です」

市正も風呂には入ったが、汗もかかず端然と座っている。

「なあ、広島で何があった」

「天海僧正が亡くなりました」

源蔵は危うく躓《つまず》きかけていた。

「おい……どうしてそんな大切なことをお頭に言わへんのや」

市正は政重の前では、天海の姿を見失った、としか告げていなかった。

「その時は、確かにそう思っていたのです。天海さまを追った道中は、不思議の連続でした」

富士《ふじ》での行者たちとの戦いや、安芸の葦嶽山《あしたけやま》や瀬戸内での古き神との邂逅《かいこう》を、源蔵は驚きの表情で聞いていた。

「天下に隠れる古き神々は、もはや昔話の類かと思っとったわ……」

「神を信じ、奉じる人の心はたやすく消え果てるものではありません」

「その消え果てぬ炎を、天海さまは取り込んだというのか」

「そして最後に憶えているのは、風の中で塵《ちり》と消える天海さまの肉体でした。何者かと戦っていたような気もするのですが……」

そして次に市正が気付いた時には、廿日市にいたという。

「それにしては、幕閣が静かすぎる。上さまが頼りにしていた高僧が命を落としたとなれば、もっと騒ぎになってもおかしくないはずや。大目付の任にあるお頭もそのようなことは一言も口にしていなかった」

「検分している者はいたかもしれませんね」

市正もそう思うに至った。いくら勝手御免の天海であっても、独行して行方《ゆくえ》も知れずとなれば将軍家は動揺するはずだ。

だが、と源蔵は言葉を継ぐ。

「あの方のことだ。そうなることを見こして、あらかじめ上さまやご老中には重々言い含めておられたのかもしれぬ」

「本当に天海さまは敗れたのでしょうか……」

「それをお前は目にしとるんやろ」

「すみません」

素直に謝る市正を見て、源蔵は笑い出した。

「やはりお前は佐橋市正に違いないよ」

「それが不思議なのです。俺がお頭の部屋へ向かう際、源蔵さんの激しい殺気を感じました」

「そうやで。偽者だと断じれば斬るつもりやった。廊下を進むお前の足音は、俺が知るもんと違っていた」

「足音が、違う……」

市正は首を傾げた。

「剣士の腕は足音でわかるからな。市正は猿飛陰流《えんぴかげ》を究《きわ》めてはいるが、まだその剣や体さばきには若さがあった。若さは華やかさでもあるが、また騒がしさでもある。漲る力がかえってその足運びを軽躁なものにしてしまう。なのに……」

その足音には静謐《せいひつ》があった、という。

「何十年も修練を積んだ達人にしか、出せへん足音や。俺が知っている中では、柳生《やぎゆう》の当主であった石舟斎《せきしゆうさい》さまがそうであったかな」

「俺の足音がそんなことに……」

「腕も上がっているはずやで」

「しかし、先ほどの旅で腕前を間違えられるほどの稽古を積んだわけではないのです」

「稽古をしている時だけに腕が上がるわけやないさ。命のやり取りをしている時も、何か書を読んでいる時も、もしかしたら厠《かわや》に籠《こも》っている時やって腕が上がるかもしれへんで」

「源蔵さんのそういう物言いはほっとします」

「誉《ほ》めてへんやろ、それ」

源蔵は哄笑《こうしょう》すると、布団を敷いて鼾《いびき》をかき始めていた。市正はふと笑うと、窓の外を見る。己の剣が変わったことは、自覚していた。厳島で天海の死の瞬間を目撃した前後の記憶がないのは本当だ。

だが、その時から何かが変わった。彼が倒すべき敵の匂いが、はっきりとわかるようになった。彼の感覚は、諸国に散らばる切支丹の残り火を鮮明に感じ取れるようになっていたのである。

その感覚を政重に告げ、切支丹の残党の気配を感じる肥前行きを政重に認めてもらったのであった。

三

肥前唐津《からつ》の手前で、市正と源蔵は表街道から姿を消した。

「気付いてるか」

山の中に入ってしばらくして、源蔵が訊ねた。

「もちろんです」

誰かが彼らのあとをつけている。

「心当たりがあり過ぎて困るな」

源蔵がにやりと笑う。市正は心を静め、その気配を詳《つまび》らかにしようと試みた。山にはよそ者が入ることを嫌う者たちがいる。だが、山の民に似てはいるが、気配は違っていた。

「忍びです……」

源蔵はそれを聞いてため息をついた。

「味方の動静を知っておくのも間違いとは言わん。だが一応は味方どうしなんだから、もう少し信用してくれてもよさそうなもんや」

「味方とは思われていないのかもしれませんね」

「止めてくれよ。ま、甲賀者ならこちらの動きを見ているだけやろう。邪魔をしてくることはあるまい」

だが、あとをつけてくる忍び衆には不穏な気配が漂っていた。

「様子がおかしいです」

「まさか、やる気なんか」

「断言はできませんが……」

「もし甲賀衆だとしたら、こちらが先手を打つことはできひんな」

道は肥前への国境へと入っていた。かつて高橋紹運《たかはしじょううん》と立花宗茂の親子が島津と激戦を繰り広げたあたりで、尾行している忍びたちの気配は一段と不穏なものへと変わってきた。

「忍びに訊くのは無駄なことかもしれんが」

源蔵はうんざりした表情で言った。

「せめて存念くらい教えてくれてもよさそうなものや。互いに上さまのために働いているはずやろ」

「影働きが狙う者と言葉を交わすことはなさそうですよ」

「わかってて言ってる」

源蔵と市正は同時に跳躍した。彼らがいたあたりに毒矢が数本突き立つ。

「あとの言い訳はお頭に頼もう。このまま死んでやるわけにもいかんよな」

忍びは攻めの一手を打ったら、次の瞬間にはそこにはいない。気配を消し、草木と同化するか風と共に逃げ去って、決して反撃を食うようなことはしない。

「源蔵さん、相手はこちらを殺すように厳しく命じられています」

「何故わかる！」

「彼らの気配が告げているのです。俺たちの首を持ち帰らなければ、重い罰を受ける、という恐れがあります」

「恐怖で戦わせるのはあまり好きちゃうねんけど、死ぬのはもっと嫌いなんや」

源蔵は獣の咆哮《ほうこう》と共に、一本の木に斬りつけた。

木の肌から鮮血がほとばしり、忍び装束《しょうぞく》に身を包んだ男が一人、声もなく倒れ伏す。

「やるんですか」

「見ているだけなら許してやろうと思ったんやけどな。切支丹を相手にしようという時に、邪魔をしてくる連中は片付けておかねば大事を失う」

源蔵は覚悟を決めていた。

「市正はどう思う」

「どう思うも何も、斬っているではありませんか」

市正も既に宙に刃を閃《ひらめ》かせていた。木の下闇《こしたやみ》に血の雨が降る。

「これで同罪です」

市正は笑った。

「罪かどうかは、これからの行いが決めるでしょう」

「法度の下で働いている人間が口にしていい言葉ではないな」

狙おうとしていた相手がいきなり反撃してきたので虚を衝かれたのだろう、四人までは何とか無傷で倒した。だが、甲賀衆を率いていた二人は、市正たちも手こずる程の腕前であった。結局、市正たちは逃げに転じた忍びを追いきることはできなかった。

「彼らは中根さまを通じてご老中に悪しざまに告げるであろうな」

刀身を改め、鞘《さや》に収める。

「事情を弁ずるために江戸に戻りますか」

「戦機を感じて西に向かっているのに、それは無用のことやろう」

源蔵は先に立って歩き出した。

「木の幹が本物でなくてよかったわ。目指す相手を斬る前に刃こぼれさせるのは愚《おろ》かすぎる」

剽《ひょう》げた口調で言った。

「しかし何のために……。我らは共に公儀のために働く者のはず」

戸惑う市正を見て、源蔵は鼻を鳴らした。

「影働きは一つでいい、と考える者がおるんや。ま、こちらは不埒者が襲い掛かってきたから返り討ちにしたまで、と堂々と復命するだけやけどな」

　不愉快そうに言って、舌打ちを一つした。

「ともかく、しばらくは周囲にちょろちょろする奴は出てこんやろう。閻羅衆は切支丹が滅びぬ限り、諸街道斬捨御免の御状を頂戴しているんや。それが取り消されたという話はまだ聞いてへんからな」

　それから二日の後、二人の姿は唐津の港にあった。武人ではなく、商人の主従のような姿をしている。

「高良島《こうらじま》へ？」

　便船を探したが、船主は皆いい顔をしなかった。

「あの島には化け物が出るという噂《うわさ》なんだ」

「島にか」

　源蔵は驚いてみせる。

「島自体はどうか知らないんだが、あの辺りの海は荒れる」

「海が荒れるのは仕方のないことだろう。船賃は弾む。いやな、あの島には珍しい薬草が生えるという話を聞いたのだ。我らは江戸の薬問屋なのだが、それを手に入れて腕のいい医師に調《ととの》えてもらえば、これまで死病であった腸の病が治せるということらしい」

「へえ」

日に焼けて赤銅《しやくどう》色になった男は、感心したように腕を組んだ。源蔵は役柄に合わせて江戸言葉になっている。

「そんなありがたい薬がねえ」

「もちろん、その薬草だけではダメなんだがね」

「なんだ。それを聞き出してひと儲《もう》けしようと思っていたのに」

「ほら、渡れるんじゃないか」

「いや、島に近付けないのは本当だ」

船主の顔は真剣なものに変わった。

「人の命を救える薬草は確かにありがたいが、俺たちも命が惜しいのでな。その怪物は毒を放つんだ」

「毒……」

「波と潮が荒れている上に、気付くと水夫《かこ》たちが毒にやられている。熱を出して正体を失った上に、命を落とす者までいる始末だ。船も何隻も沈んでる」

さすがに市正たちも、引きさがるふりをするしかなかった。

「あの島に切支丹の残党がいるのは間違いなさそうや。荒れた海に乗じて船に毒を投げ込まれればな、誰だって近付く気が失せる」

「毒の話がなければ、人がいたかどうか疑いの残るところでしたが……」

「間違いないな。船を仕立ててくれへんなら、自ら漕いでいくまでや。空が晴れていれば、今夜出かけよう」

四

「見事な星空ですね」

江戸とはまた違った趣《おもむき》があるように感じられると言うと、

「同じやで。旅先での心の動きが、常と違うように見せているだけや」

源蔵はたしなめた。だが、市正の表情を見ると、

「余計なおせっかいやったかな」

とわずかに笑った。

「旅先の星空で揺れるような心ではなさそうや」

市正は道中差しを一振り持っただけの、身軽な旅人風の姿で夜の港にいた。源

蔵も同じである。

「さて、どの船で行こうか」

波は穏やかで星も無数に瞬いている。北の極星がひときわ明るい光を放ち、灯りで湾を縁取《ふちど》る岬《みさき》の形まではっきりとわかる。

「ここでは風はないが、外海に出れば波も流れもあるやろう。月の形から潮の満ち干《ひ》きを考えると、これからの刻限が高良島へ向かうのにいいはずや」

尼崎藩の源蔵は海にも詳しい。

「この辺りの潮の流れは複雑だが、おおよそのことは唐津藩の御船方に訊いておいたんや」

「さすがに用意がいいですね」

「市正は場所だけを手掛かりに行こうとしとったんか」

源蔵は呆れた。

「海が味方してくれるような気がして……」

「お前が死ぬのは敵の刃や矢弾やなく、荒れた海や山崩れやろうな」

源蔵はしばらく迷っていたが、港の隅に繋がれていた帆掛け船の綱を解いた。

一人で漁に出られるような、ごく小さなものである。

「市正、一応船は扱えるんやんな」

「閻羅衆に入る際に教えていただきました」

あらゆる場所で戦うことを求められている閻羅衆の面々は、崖《がけ》の登り方も海の潜り方も厳しく鍛《きた》えられる。船の使い方や星と地上の二点を使った行き先の決め方も一応は教えられるが、海は場所によって表情が大きく変わるので、自ら船を駆って向かうということはこれまでなかった。

「あてにはしとらんよ。市正は船尾で舵《かじ》を取ってくれ」

慣れた手つきで帆を下ろした源蔵が、船を海へと出して飛び乗ってくる。

「さすがですね」

「瀬戸内も激しいが、こちらの方が荒さでは上やな」

市正はじっと海を見つめていた。べたりと凪いで、星の光を撥《は》ね返している。

源蔵が荒いと言う意味を考えていた。

海を知らないのに、知っている気がする。帆を上げると、わずかな風を受けとめて船がゆっくりと走り出した。やがて岬を越えると、船が大きく揺れ出す。穏やかに見えていても、外海の力は小舟にはあまりにも大きい。

それでも、源蔵は巧みに帆を操って船を西へと進めていく。

隠れ切支丹たちが潜む島は、人を近付けないほどの激しい潮の流れと、奇妙な毒の力で守られているという。島が近付くにつれて、船の歩みは遅くなっていく。沖に出たことで風は強くなり、小さな帆は一杯に膨《ふく》らんでいる。

「潮が巻いてるな」

源蔵は忙しく帆の向きを変え、市正に舵の向きを指示する。だが、あともう少しで島にたどり着くというところで、船足がぴたりと止まってしまった。

「まずい……」

それまで冷静だった源蔵の声に、はじめて焦りが混じった。しかし、市正の心は不思議と落ち着いていた。

「源蔵さん、何者かが近付いてきます」

波は高くなって船は激しく揺れているのに、前後に進まないのは人の焦りを誘う。しかし、何者かが近付いてくるということは、そこに道があることを意味していた。

市正は懐の中の苦無《くない》を握り、波の間へと数本投げる。

「ぐっ……」

という呻《うめ》き声がして、近付いてきた者たちの中の呼吸に乱れが生じた。人の力では抗えぬはずの潮の流れの中を、数個の影が島へと泳ぎ戻っていく。市正の苦無で倒れたはずの者も、ぐったりと浮かんだまま船から遠ざかっていった。

市正は縄を輪にして頭上で振り回すと、浮かんでいる者の体へと引っかける。だが引き寄せることができない。

「市正、これは……」

「泳いでいる連中を島から綱か何かで引っ張っている連中がいます」

「なるほどな」

浜までは一町ほどあり、近付くにつれてその様子も明らかになっていった。一足先に浜に戻った者たちが、沖を指して何か言っている。弓を構える者の姿がいくつも見えた。その先端に赤い光が見える。

「昔から船を沈めるには火矢が一番と決まっているからな」

源蔵の言葉に頷いた市正は、衣を脱いで下帯一つになってためらいなく海へと飛び込んだ。炎に包まれる船を背後に感じつつ、慌てて海へと飛び込んだ源蔵と市正は、抜き手を切って浜へと迫った。

「泳いでいると火矢は怖くないな」

と豪快に言う源蔵の顔を火矢が掠めて水に落ちた。

「浜では備えができつつあるようですよ」

帷子《かたびら》に槍を構えた男たちが槍衾《やりぶすま》を構えている。数人は桃の実に似た兜《かぶと》を身に着けていた。

「あれが切支丹なんやな」

「はい」

市正は断定した。浜に近付くほどに、彼の中にある確信が揺らぎないものへと変わっていく。彼らは邪教を信じる、天下の敵だ。数人が石を投げてくる。戦場での有力な武器である石礫《いしつぶて》は、防具のない頭に当たれば頭蓋《ずがい》を砕くほどの威力を持つ。

「これは敵わん」

脇差の鞘で防ぎつつ、源蔵は砂の上を駆けていく。

「切支丹ども、この天地に居場所はないと知れ！」

源蔵の一喝にも怯《ひる》むことなく、槍を構えて粛々《しゆくしゆく》と進んでくる。その間合いは脇差では詰めようもない。しかも、その槍先には一分の隙もなく、海から上がった源蔵を波打ち際まで押し返すほどの気迫であった。

「我らはただここで静かに暮らしているのみ」

槍衾の中央に立つ、老いた武者が言った。

「もはやこの国ででうすの教えを広めることは諦めた」

「では何故、教えを捨てて絵を踏まぬか」

男は答えなかった。

「静かに暮らし、生を享受《きょうじゅ》したいのならご公儀の法に従え。それができ
ら罰を受けねばならんのが定めだぞ」

「神を捨てることはできぬ」

「この天地には異教の神を奉じていても、心を改めれば許して下さるありがたい神や仏がいらっしゃる」

「その神仏たちが何の役にも立たないから、でうすを信じ奉っているのだ」

これが最後だ、と源蔵は前置きし、教えを捨てて唐津へ戻れと説得した。

「何故、我らを目の敵《かたき》にする。我らは戦いを捨て、この島で静かに時を過ごしたいと願っているだけだ」

「島原を見たからだ」

源蔵は厳然たる口調で言った。

「でうすの教えは、完全に捨てると誓わぬ限り、いつ息を吹き返してこの世の地

獄を作りだすかわからぬ。貴殿の年頃なら戦国の世もご存じかと思われる。立花家中であれば、苦しい戦いを何度も目にされたことであろう」

あくまでも丁重《ていちょう》に、しかし反論を許さぬ強さで続ける。

「ご公儀が無数の命を礎《いしずえ》にようやく築かれた泰平。これを崩すような火種を世に残してはならぬ。俺はでうすの教えがそれほどの強さと激しさを伴っていることも知っている」

「公儀の者が知った風なことを」

槍衾が前進を始める。波打ち際に追い詰められた二人だが、慌てることはない。

「俺はご公儀のために働いているが、切支丹でもあった。だからわかるのだ[illegible]今の世とでうすの教えは相容《あいい》れないのだ。どちらかがどちらかを滅ぼす[illegible]いは終わらぬ。そうなれば多くの者が苦しむ」

「違う」

男は言った。

「でうすの教えは互いを敬し、愛することだ。愛する[illegible]容れること。それが何故わからぬ」

「それを勝手という。上さまより尊《とうと》いものはなく、神仏や天皇家ですら、その指図には従わねばならぬ。でうすは上さまの下にあることを受け入れるのか？」

男はもはや答えず、左右に向かって頷く。白い穂先が、死の衾となって前進を始めていた。

五

血の臭いが濃く漂っている。

死体は男たちのものだけではなかった。女も、子供も、老人もいた。市正にとっては見慣れた光景ではあるが、いつもながら心が塞がる光景でもあった。

「百人ほどいましたね」

汗を拭《ぬぐ》う市正の腕には、汗と血がべったりとついていた。

立花家伝統の槍衾は、源蔵と市正を傷つけることはできた。そして一度は源蔵の命を「奪う」ところまで追い詰めた。

源蔵は己の手をじっと見つめている。戦国の天下に名をとどろかせた立花家中の槍衾は、源蔵の剛剣でも破れなかった。かえって彼の体が貫かれたほどであ

る。

なのに、貫かれたはずの体が動いた。源蔵はそのまま剣をふるい続け、槍衾を打ち破った。倒したはずの源蔵に斬り込まれた男たちは動揺し、倒されていった。

「どうして生きているんや」

源蔵は市正の後ろにぼうっと浮かぶ十字架を見上げていた。

「それが聖遺物の力というわけか」

市正も、己の力に驚いていたが、何が起きているのか受け入れつつあった。

槍衾は破られて蹂躙《じゅうりん》されたが、戦いはそこでは終わらなかった。体の小さな子供ですら槍を構え、針金のような手足の老婆ですら短刀を構えて彼らに襲いかかってきた。

悲壮な顔をしている者もいれば、恍惚《こうこつ》として笑みを浮かべている者もいた。正気を失っているわけではないことは、わかっていた。切支丹と戦う時は、いつもこうだった。

島原でも、城にこもった者たちの多くは絶望の淵《ふち》にいたはずだ。城の中には飢《う》えと病しかなく、外には罪と死しかない。では人々はどこに向かうのか。教えの

中に約束された楽園へと向かうのだ。

「そんなものはない」

源蔵は吐き捨てるように言った。

「人は死ねば塵になるだけや。死んでから裁きなんかあってたまるか。人は生きている今が全てなんや」

源蔵も傷だらけになっている。武芸の達人など一人もいなかった。だが、命を懸けた一撃は、時に不思議な重さを持つ。勝利は決して得られないが、普段なら届かないはずの刃が届くことがあるのだ。

「それが何だというんや」

源蔵は怒っていた。

「俺の体にかすり傷一つつけて、それが極楽への証文にでもなるというんか?」

誰に問うでもなく、呟いている。

教えを捨てなかった肥前の切支丹が最後によりどころとした、高良島の村は全滅した。これでこの地には、表だってでうすの教えを奉じる者はいなくなった。

「捨てればいいものを」

源蔵は村にあった斧で、木を切り倒し続けていた。

「捨てたふりをしていればええんや。本当に戦いを知っている者ならば、その程度の方便を使えたはずやのに。人は死んでも塵になるだけやが、血を残すこともできるやないか。何百年かかるかもしれへんけど、それほどでうすの教えが大切ならば、子や孫に任せればええのに」

砂と塩と、そして周囲からの目を避けるために、村の周囲には松が植えられている。それに斧を入れているのである。

枝を落とし、荒っぽく丸太に作ると、それを櫓《やぐら》に組み上げていく。同じ作業を続け、十の櫓を組み終えた時には、既に日は昇り始めていた。その櫓の上に、遺体を並べていく。

「普段なら当地の連中に任せるんやけどな。荒海に囲まれた島やから仕方なく俺たちが直々にやってやるんや。手土産はなくなるけど、ええよな」

誰に言い訳するでもなく、源蔵は言う。源蔵がこのように感傷的になっているのを見るのは、初めてだった。

櫓に火を放つと、やがて激しい炎が命の失われた肉体を焼いていく。市正はこれまで斬ってきた何百という肉体の感触を思い出す。刃が急所を斬り、貫くまでは生きていた体が、一瞬にして死の世界へと飛ぶ。

ですは復活の教えだと聞いたことがある。来たるべき裁きの日に、生ける者も死せる者もその前に引き出され、正しき行いをした者は天の国へと昇ることが許されるのだという。

「その復活の力を、市正が得たというのか……」

市正はその言葉を聞きながら、意識の中に何か濁《にご》りのようなものを感じて膝をついた。

「おい、大丈夫か」

「ええ……」

意識の中に十字架が浮かぶ。肉体から命が離れかけた源蔵に、魂を戻したのはこれのおかげである。その術の源になったのは、己の中にある異様な力だ。

「市正……」

源蔵の顔が歪《ゆが》んで見えて、すぐに戻った。助け起こされて、一つ大きく呼吸する。

「源蔵さん……」

その胸倉を摑む。

「どうした」

異常を感じて手を引き剝がそうとしたが、剛力の源蔵をもってしても離れない。

「その怒りを蔵する櫃を、手に入れるのだ」

源蔵はその声にぎくりと肩をふるわせた。

「その声、天海……」

体が動かず額に汗を浮かべる源蔵の前に、小さな箱が姿を現した。箱が徐々に大きくなり、頭から源蔵を飲み込んで姿を消した。

「……何や今のは」

源蔵も市正も呆然としている。

「切支丹の宝を俺にも使えと言うのか」

源蔵は腹の辺りを押さえ、次いで胸倉を摑んだままの市正の手をぽんと叩いた。我に返った市正は慌てて手を離す。

「ええで。俺は自分の手で切支丹との戦を終わらせると決めてるんや。殿さまには悪いけど、最後まで付き合ったるわ」

炎の中から、どん、どん、と腹に響《は》いてくる音が伝わってくる。人の体は炎に焼かれると、急激に形を変えて骨が爆ぜることがある。それが、激しい音となって周囲に響くのである。

炎の中で砕け、焼かれ、そして灰となり、塵となって天地へと還《かえ》っていく。その先で彼らが望む神に会えるとは、市正にはどうしても思えなかった。

「神仏なんて残酷《ざんこく》なもんや」

炎が収まる明け方まで、源蔵は火の世話をしていた。どの遺体も、きれいに骨となるように、火の加減をし続けていた。

「その点、ご公儀は大したもんやで。生まれてから死ぬまで、ほとんどの人間の面倒を見て下さる。そりゃその手から漏れる連中だっているやろうけど、祈って神仏のご加護を得られる者の数よりはずっと多い」

櫓が燃え落ち、骨の欠片《かけら》と混ざっていく。やがて島の土となり、草木の床となり、鳥や獣の休まるところとなっていくだろう。

二人は黙って浜の奥に隠された船を一艘引き出し、唐津の港へと針路をとった。明け方の海は静かで、潮の流れも穏やかになっていた。もちろん、毒を投げ込もうと忍び寄ってくる影もない。

「言い方は悪いが」

源蔵は呟いた。

「火種を潰しておけば、大火になることはない。もし火種が必要なら、こうして手の届きづらい場所に置いていてはあかん。それは結局、世を乱すことになるんや」

「病は根こそぎ絶つ、ということですね」

「いや、そういうことやない。天海僧正がそうやった」

源蔵は意外なことを言った。

「あのお方は、古き神の力を己の中に取り込もうとされたんやろ?」

「ええ……」

また異様な力が市正の中でうごめいて、気配を消した。

「己の一部にするということは、どこよりも目が届く場所に置くということや。そうすれば、たとえ滅ぼすことはできなくとも、天下の災いになることはない。だが切支丹の教えはそうはいかん。若く、熱すぎるのや」

順風に乗って、船は快調に波の間を走っていく。間もなく唐津の港に着こうという時に、源蔵は振り向いて市正の顔を見つめた。

「市正、決して我らの、いや、お頭から離れるでないで」

「は……」

「お前さんの力はあまりにも大きくなった。天海僧正のような、大御所さまからの権威があれば別だが、市正はそうやない。ご公儀のために忠誠を誓い続け、お頭と共にあってこそやぞ」

念を押すように言った。

六

寅太郎たちが広島藩へ戻るというと、正雪もついてくると言い出した。寅太郎たちも目の届くところに聖杯がある方がよいと考え、反対はしなかった。広島藩は由井正雪のためにわざわざ船を出した。

もちろん、大坂へ送る荷や人も乗っているのだが、あくまでも正雪のための船であった。その証に、どこに寄港するのが望みかと正雪に訊ねていた。

「萩での褒美は広島でという趣だな」

正雪が冗談《じようだん》めかして言うと、使者の藩士は目を白黒させていた。

萩城での事件は、結局剣術指南役の乱心ということで江戸にも報告されていた。それに関わった者たちはそれぞれ口をつぐむことを約束し、その代わりに丁重にもてなされた。

それは荘介と寅太郎に対しても変わらなかった。

「諸々、あいすまぬことをした」

益田就宣は荘介の前に平伏するように、さらに五十両を手渡した。

「そこまでしていただかなくても……」

さすがに閉口し、荘介は追加の金を押し返したほどだ。

「よいではないか。金はいくらあっても邪魔になるものではない。その方の胆力、腕前であれば江戸で剣術道場などを開けばきっと繁盛《はんじょう》する。それには元手が必要であろう？　我が藩士もきっと世話になることであろう」

さすがの弁舌で荘介に反論する隙を与えず、金を懐にしまわせてしまった。

「あれくらい口が回らねば、江戸表の仕事は務まらないのだろうな」

二人で感心したほどである。

結局、福原惣佐の暴挙は、寅太郎たちを誘った元藩士たちの企みによるものだった。城下で〝鬼〟と噂されていたのも彼らで、顔がただれていたのは、拷問の際に焼かれても生き抜いた者だった。彼らはその後姿をくらましていたが、藩は後難を恐れて幕府には届け出ていなかった。切支丹弾圧派を陰で粛清していたのも彼らしい。それを知り、今は起《た》つ時ではない、と波風立てず収めようとしたのが、勘解由だった。惣佐が指南役を辞せば影響力もなくなるだろう、とみたが、代わりに来たのは荘介だった。これでは蜂起が避けられない、と正雪に説得してもらう策に変更したのだが、それでも惣佐たちは止まれなかった、というわけだ。

荘介も正雪に制されて、というわけではないが、この仲間割れに落胆し、寅太郎と江戸に戻ることにしたのだった。だがもしかしたらどこかで、正雪という男に何かを感じ始めているのかもしれない。

広島に荷を置いていた寅太郎は荘介を伴ってきたが、広島藩の門口主税は驚いてはいなかった。萩から内々に知らせは来ていたものらしい。ただ、由井正雪がひょっこり顔を出したのには驚いていた。

「あの高名な先生が」

ということで城が一気に慌ただしくなる。

「行きは静かに、帰りは騒々しくというのは美しくないな」

正雪は寅太郎にいたずらっぽい笑みを見せた。寅太郎は内心、迷惑に思っていた。この男の使う術はあきらかに山の民の気配があった。しかもこちらを切支丹だと知って近付いている。

「どこかで始末した方がいいのかな」

荘介に相談したが、同意しなかった。

「あの先生、俺たちを使いたいのだと見える」

「使う？」

「あちらとしては、こちらの弱みを握っている形となっているのだろう」

それではなおさらのこと、このままにはしておけないと寅太郎は思ったが、それは早計だ、と荘介は首を振る。

「こちらにとっても、由井正雪は使いようがあるということだ。彼は軍学者として各藩の事情に通じている。それに……」

荘介は正雪に心酔している浪人衆が多くいることに注目していた。

「浪人衆……」

「寅、正雪がこう言ったのを憶えているか。こぼれる者のいない天下を創りたい、と彼は言っていた。我ら切支丹や山の民は間違いなく公儀の手からこぼれている。だが、今我らと同じく公儀の手から落とされ、踏みつけられているのが彼らだ」

確かに、そうであった。

公儀の浪人衆に対する仕打ちは厳しかった。江戸にいる時には町に監視することを義務付け、勝手に居所を移したりするのはもちろん、商いをするにも厳しい制限があった。

浪人は身分としては武士である。だが、もはや泰平の世になって新たに士を募《つの》るということもほとんどない。つまり、彼らは武芸を磨こうと学問を修《おさ》めようと、行き場の無い状態となっていたのである。

「正雪なら、彼らを味方につけることができる」

「でも、正雪は軍学者なんでしょ？　あちこちの諸侯に取り入ってるみたいだし、ぼくたちの味方というよりは敵なのでは」

そこはどうしても気になった。

「確かに正雪を味方として信用できるかどうかは、もう少し様子を見なければならないな」

船は大三島《おおみしま》のあたりを東へと向かっていた。やがて、懐かしい御手洗の島影が見えてきた。寅太郎が初めて女性を知った場所でもある。

「お前たちは廓《くるわ》遊びが好きか」

二人の背後から正雪が声を掛けてきた。

「そこまではありませんな。金もありませんし」

荘介は断ったが、正雪は引き下がらなかった。

「なら、それは私が出そう」

「ぼくはいいです」

今度は寅太郎が断った。

「お前たちはそのように堅いから、味方を得られないのだ」

正雪は朗《ほが》らかに言った。

「味方を得たければ人と交わり、その心を知り、動かして己の側に寄せていく。そうして一人一人、志を同じくしている者を作っていくのだ。切支丹の布教もそうであったろう?」

寅太郎と荘介は顔を見合わせた。

「南蛮からやってきた伴天連《ばてれん》のやり口をよく思い出してみるのだ」

彼らが使ったのは、進んだ医薬の術や、珍しい南蛮の文物によって人の心を引きつけることであった。

「お前たちもそうすればいい」

「そんなことをすれば、切支丹とばれてしまうだろうが」

荘介は呆れて言った。

「兵法にもあるが、武器はその場にふさわしい使い方をしてこそ威力を発揮する。ふさわしくない使い方しかできない者は愚かだ」

船がゆっくりと御手洗の港へと入っていく。船の数は多く、人も多く往来しているのが見える。寅太郎は知らぬ間に濤の姿を捜していた。

「想い人でもいたのか」

正雪のこの勘の良さは、恐ろしくもあった。

「別に悪いことではない」

寅太郎は黙って視線を港から外した。

「御手洗の遊郭は不思議なところだ。このような離れ島にあり、遊女の数も三百人ほど。しかし、島原や吉原にも負けぬほどの美妓が揃っている。私も噂だけは聞いていた」

ともかく、濤のいない御手洗で遊ぶ気になどならなかった。

「ま、好きにするといい」

小舟に乗り換えて浜へ着くと、正雪は広島藩士たちに明るく声を掛けて、早速遊郭の方へと消えていった。

七

夜になって、廓が輝きを放ち始める。

「綺麗なもんだな」

寅太郎と荘介は港に立っていた。

「海が死んでるみたいだ」

寅太郎の種が、海の中でそっと根を伸ばしていた。

「確かに静かには見えるが……」

「古き神がいなくなると、こうなるんだね。天海は古い神を殺しただけで、新しい神になったわけじゃない。この海の恵みを守っていた神は、もういなくなった」

「そこにこそ、でうすの恵みが満ちるべきなんだ」

「でも濤はもういない」

「寅……」

「わかってる」

その時、沖合に急に波が立った。波は立ち上がり、龍の形となって立ち上がる。もはやあの龍は天海によって滅ぼされたはずだ。だが、古き神はその地の記憶でもある。その記憶がまだ微かに残っている。そう寅太郎は感じていた。

そして、彼の心と体にも濤の思い出が残っている。彼女は人と海の古き神を繋ぐ巫女でもあった。

その記憶が、この海の心を揺らしている。だが、記憶は儚《はかな》いものだ。思い出は薄れていく。海の龍の幻影は、やがて二人の前で崩れていく。

「俺たちは決して忘れない。俺たちがいる限り、四郎さまのことも、原城で死んでいった仲間のことも、でうすの教えも」

ではいなくなったらどうするのだ。

ふと寅太郎は思った。こうして戦っていることは誰も知らない。

「正雪さんの言うことも一理あるのかもしれない」

「仲間を増やせってことか？　味方を増やすのは大事だが、あのようなやり方は少し気に喰わないな。切支丹としてでうすの御前に誓いを立てたのに、裏切る奴らはいくらでもいた。あてにならない味方は敵よりたちが悪い」

「だから、その裏切り者たちのことなんて考えなくていいくらい、多くの味方を作るんだ。正雪さんはそこを目指しているのかもしれない」

確かに、天下の浪人は十万とも三十万ともいわれている。もしその半《なか》ば以上を自らの兵として使えるのであれば、その中に裏切り者がいたとしても戦力が大きく減るわけではない。

「古き神たちも、互いに手を取り合うべきだったと言いたいのか」

寅太郎は頷いた。波は収まり、静かな海面へと戻っていった。

大坂についてからの正雪の旅は、実に騒がしいものだった。招きがあれば相手が大身であろうと浪人であろうと、必ず足を止めて話をした。時勢を論じることもあれば、兵学の講義をすることもあった。

「紀州《きしゅう》さまから招きがあったのだが、一緒に来るか」

大坂での客をひとしきりさばいた後、正雪は寅太郎たちを誘った。

「紀州……」

寅太郎たち切支丹にとって、紀州はそれほど縁の深い土地ではない。雑賀《さいか》や根来《ねごろ》といった土着の寺が強く、さらに高野山《こうやさん》のお膝元でもあり、熊野《くまの》などの古き神々への信仰も厚い。

「当主の頼宣《よりのぶ》さまは中々の偏屈者だぞ」

正雪は楽しげに言った。

「御三家で偏屈など許されるのですか」

「なまなかの大名がいかに怯えながら日々を過ごしているか、見てきたばかりだろう？　紀州は昔から治めるに難しい地だ。江戸からも遠く、人士も強悍《きようかん》だ。信長《のぶなが》や秀吉《ひでよし》といった手合いがどれほど苦労したか知っているだろう」

雑賀や根来を屈服させるのに、天下人たちですら何年もの歳月を要したものだ。

「もし戦を起こすとして、この地は押さえておくべき場所だよ」

「物騒なことを仰いますな」

荘介が驚いてみせると、

「お前たちよりは物騒な連中はいないだろ。ともかく、紀州公は士がお好きだ。千々石どのの仕官の口もあるかもしれないぞ」

「あまりそそられません」

「萩でうまくいかなかったからといって拗《す》ねるな」

「拗ねてはおりませんよ」

中に入って仲間を作る、というやり方に今や魅力を感じないだけである。

「だったら頭から己の意のままに動くように染めていけばいいのだ」

大坂の北浜《きたはま》には紀州藩の蔵屋敷があるが、正雪は寅太郎たちを伴って京へと向かった。福島《ふくしま》の渡し口から船に乗り、川を遡《さかのぼ》っていく。

「ちょうど宮中での歌会があり、紀州公も京都の所司代と共に客として招かれている。畿内周辺の御三家は紀州だけだからな。宮中との繋がりも強いのだ」

寅太郎はじっとりと額に浮かんでくる汗を拭った。川面に浮かんでいて、風が吹けば心地よいのだが、それが止まると蒸し暑くて仕方がない。

「夏の京都など来るものではないよ」

正雪はてらてらと顔をてからせているが、汗をかいているわけではなさそうであった。京に近付くにつれて、船影も増えていく。海をゆく船とは違う、平底船はほとんど揺れることなく、伏見に着いた。

紀州藩の京屋敷は西洞院《にしのとういん》にある。既に正雪が京に至ったことは、紀州家に知らされていたらしく、迎えの者が数人、船着き場に来ていた。

「由井先生」

小姓頭の長山宗右衛門《ながやまそうえもん》と名乗った若者が、きびきびした口調で挨拶を述べた。

「こちらは？」

「萩で道連れとなった、剣士の千々石荘介どのと、庭師の寅太郎だ。彼らは彼らでひとかどの人物。もしご迷惑でなければ私の供回りということで同行を許してもらいたい」

「いつも先生は我らの意表を衝かれますな。旅先で知り合った者を供回りにされるとは。しかし我が殿も、先生のそういうところを気に入られておいでです」

「で、あろう？」

「しかし此度は、こちらにも先生を驚かせる趣向をご用意しております」

「ほう」

正雪は楽しげに目を細めたが、すぐに首を振った。

「奇策をもって人を驚かせようというのに、あらかじめ口に出すとは何事か。先人であれば打ち首ものの失態ですぞ」

穏やかに叱ると、小姓頭は青ざめて頭を下げた。

「このことは何卒《なにとぞ》殿にはご内密に……」

「それがさらにいかんことが何故わからん。貴殿が失態を犯し、私がそのことを知って知らぬふりをする。驚きの内容はわからんが、何を出されても私の身振りや顔つきは不審なものになるだろう。紀州公がそれに気付かぬとは思えぬ。私を驚かせるのはさぞかし殿さまの肝《きも》いりであろうから、あらかじめ知っていたとなればお怒りを考えるだに恐ろしい」

宗右衛門はさらに青ざめた。

「ここには貴殿の同役も来ていれば、私の道連れもいる。口裏を合わせるなら、これだけの口に戸を立てねばならんのだぞ」

迎えに来た者たちも顔を見合わせている。

「で、ではどうすれば」

「人の行いには失当あり。諸葛孔明《しょかつこうめい》も策を損じることもあれば、韓信《かんしん》に度々の敗戦あり。その時、主君である劉備《りゅうび》、劉邦《りゅうほう》の振る舞いはどうであったか。彼らは孔明や韓信を罪の名のもとに殺したか？」

「い、いえ……」

「彼らは勝てる時に己を大きく見せることをせず、負けを小さく見せようともしなかった。そのような将を大切にすることこそが、大きな勝利を手にするために必要だと理解していたのだ」

「ごもっともな教えにございます」

小姓頭は得心したのか、冷静さを取り戻していた。

「各々《おのおの》がた、私の失態につき、もしご下問があった場合は正直に申し上げていただいて結構にござる。では、由井先生」

正雪に顔を向けた。

「屋敷へご案内いたします」

用意していた駕籠《かご》へ乗るよう、正雪を促した。

八

さすがは御三家だけあって、紀州藩の京屋敷は広大であった。

「寅太郎、お前には面白い場所であろう。畿内には名もなき庭師たちが千年もの間に積み上げた庭の美がある」

広い庭ではあるが、手入れが行き届いている。

「尾張《おわり》より東の田舎《いなか》庭園とは趣が違う。やはり庭は西に限る」

正雪が何故か得意気だ。口惜しいが、それは否定しきれないことでもあった。

江戸にも多くの庭師がいて、寺社や大名、旗本屋敷で腕をふるっている。だが、目の前に広がる庭には、これまで見ていたものとは別種の凄味《すごみ》のようなものを感じていた。

思わず足を止めていると、

「まずは紀州公に挨拶をしておくぞ。庭を見て回れるように、口添えもしてやるから。庭を見れば、屋敷のあれこれもわかることだろう」

広大な庭の向こうに、母屋《おもや》が見えている。

「いつ訪れても、いい屋敷ですな」

正雪が誉め称《たた》えると、表情の硬かった迎えの者たちの気配もわずかながら緩んだ。だがそれも、一同が屋敷の中へと入ったあたりで再び緊張が漲り始めた。

何度か廊下を曲がった先に、ひと際庭の眺めが良い一室がある。

寅太郎はもちろん、玄関先から上がることは許されず、庭師の小屋へと案内された。この屋敷の庭師は和歌山のお城で働いている、との説明であった。

鋏《はさみ》や鉈《なた》など、道具が壁に掛けられているが、どれもよく手入れされていて、小屋も整頓《せいとん》されて掃除も行き届いている。寅太郎は京の庭師に詳しくはなかったが、隙のない仕事をする職人なのだろう、と敬意を抱くほどであった。

周りに誰もいないことをたしかめ、〝種〟を呼び出す。根が伸びていき、紀州藩主、徳川頼宣に由井正雪が謁見《えっけん》している書院にまで伸びていった。畳の隙間から微かに芽の先を出して、屋内を見回す。普段は親しい者しか入れない場所のようで、小姓衆も次の間に控えているようである。

涼しげな目もとの貴公子が、上座に座っている。身に着けている白い小袖も、寅太郎が見たこともないような上品な光沢《こうたく》を放っている。

紀州五十五万五千石を治める、将軍家を継ぐ資格を持つ数少ない家の主である。

「由井先生」

上座からではあるが、頼宣は正雪のことをそう敬称をつけて呼んだ。

「萩の毛利家からの招きで西に旅をし、その帰りに当家に立ち寄ってくれるという約束であったが、存外と早いお戻りであったな」

は、と正雪は手をつく。

「講義をするにはやや、騒がしいことになっておりまして」

「聞いておる」

「さすがにお耳が敏《さと》いですな」

「風の声を聞くのみであるがな。身を保つためには、風の声を聞き逃さないことが肝要である。だが……」

頼宣は荘介の方に顔を向けた。

「道連れをここまで連れてくるとはな」

「殿のお好みの人材であると思いましたので」

「人を雇うゆとりはないぞ」

「もちろん、そのようなお願いをするために連れて参ったわけではありません。常々天下の風の声をお聞きになりたいと仰っている殿のことですから、変わった方角から吹いてくる風の声もお耳に入れようと思いまして」

ふうむ、と興味深げな表情は少年のようである。

「千々石荘介とやら。面《おもて》を上げよ」

荘介が顔を上げる。

「珍しい姓であるな」

「肥前の出にございます」

「……うむ、思い出したぞ。かつて豊太閤《ほうたいこう》が海の果てに送った使節の中に、千々石姓の者がいたと聞いたことがある」

「彼《か》の者はそれがしの遠縁にあたります」

「海の外の話は聞いたか？　南蛮紅毛の国には珍奇な風俗があると聞く。時に唐土を経てやってくる骨董《こっとう》の類も、我が国とはまるで違うものだ」

「申し訳なきことながら、直《じか》に話を聞いたことはございません」

頼宣はあからさまに残念そうな表情を浮かべた。

「それでは何か。お前はどんな面白い話を聞かせてくれるというのだ。肥前であれば島原のある地だ。あの辺りは切支丹が多くいたと聞く。邪教の徒はどんなことを考えておるのか一度聞いてみたいものだ」

と言ったものだから、寅太郎はぎくりとした。正雪の眉が微かに動いたところを見ると、頼宣がこのような問いを発するとは予期していなかったらしい。

「それがしはもともと有馬《ありま》家に仕えておりました。お断りしておきますが、切支丹でありません」

「そう言っておくのは正しい姿だな」

皮肉ではなく、頼宣は言った。

「もちろん、今のお主が切支丹であるとは言っておらぬ。公儀にはかつて切支丹であった者が多くいる。前非を悔いて忠勤に励《はげ》んでおれば、過去をいつまでも責めないのも政の道というもの」

「かたじけのうございます」

荘介は一度頭を下げた。

「その上で」

頼宣は身を乗り出した。

「切支丹とは何なのだ。まだ念仏はわかる。南無阿弥陀仏《なむあみだぶつ》と唱《とな》えれば極楽に行ける。阿弥陀如来《あみだにょらい》は昔からこの国で信じられてきた。だが伴天連の教えはどうだ。言葉もつたない南蛮人が、何故、人々の心を捉えたのだ？」

この貴人は、徳川家でももっとも位の高い人物のうちに入る。そうでありながら、無邪気なほどに切支丹のことを訊ねている。

「それは……」

荘介にも寅太郎と同じく、戸惑いが生まれているようであった。

「理由は各人によって様々です」

一度、そう逃げた。

「それはわかっておる」

微かな苛立ちを、頼宣は表情に浮かべた。

「神仏に手を合わせる姿は万人同じでも、その願うことは人によって違うであろう。切支丹となる者がそれぞれ違う事情を抱えていることくらいわかる。お主の見たものでもいいし、お主自身の事情でもよい」

この殿さまは中々聡明だ、と寅太郎は感心した。

「はじめは、物珍しさでした。寺の坊主は特に親しい間柄ではありませんでした し、何か役に立ってくれたこともありません。ですが、伴天連たちは武士であれ百姓であれ、分け隔《へだ》てなく話を聞いてくれました。そしてでうすの教えに沿って道筋を示してくれたのです」

ふむ、と興味深げに頼宣は聞いている。

「やがて主家が滅び、仕える先もなくなりました。剣を振るう場もなく、生きることすら辛くなってまいりますと、心に寄り添ってくれる何かに頼りたくなるものでございます」

「なるほど。そうしてでうすへの信仰が強まっていったというわけか」

「左様です」

頼宣は大きく息をついた。

「由井先生、そなたはどう思われる」

「この先も、でうすという神の代わりになる者が現れたとしたら、世は大いに乱れるでありましょう」

「世は泰平ではないのか」

「これある千々石荘介も、いまだ救われてはおりませぬ。彼は示現流の達人であり、有馬家でもそれと知られた千々石家の出です。そんな彼でも、仕官の口を探すことは容易ではありませぬ」

「先生は、困窮《こんきゅう》している浪人が二十万ほどいる、と申しておったな」

「左様です」

「彼らがご公儀に絶望し、でうすのような心を預ける相手を見つけてしまったとしたら？」

「やはり、天下は大いに乱れるでしょう」

頼宣は庭を見せるように命じた。障子がすっと開いて、庭の様子が明らかになった。山と水が配置された、縮景園に似た庭の構図である。

「大乱を起こさぬためには？」

「乱を忘れず、そして乱を恐れぬ心が必要でございます」

「だが、江戸は乱を忘れようとしている」

荘介はじっと黙っていた。頼宣はさらに何か言いかけたが、思い直して口を閉じると、話を変えた。

「由井先生にお見せしたいものがありましてな。きっと驚く、いや、喜ばれるはずだ」

「驚くと前もって申されますと、驚きが減じますが」

「うむ。これはわしがしくじった」

莞爾《かんじ》と笑う。士心を捉える勘所を知っている。荘介は内心感嘆のため息を漏らした。

九

正雪は頼宣に帯同して紀州へと向かい、寅太郎たちは江戸へと戻ることにした。

「私が江戸に帰ったら使いをよこすから、張孔堂《ちょうこうどう》に来るがいい」

別れ際、正雪はそんなことを言った。

「私は諸大名とも付き合いが深いし、公儀にも悪く思われておらぬ。多くの人士が塾に集まり、お前たちにも得るところがあるだろう」

寅太郎は諾否を明らかにせず、ただ旅を共にできたことに礼を言って、京を後にした。表街道を行く旅は平穏のうちに終わり、懐かしい長屋が見えてきたときには、寅太郎と荘介の顔にも思わず笑みが浮かんだ。

はちまき長屋に足を踏み入れると、たまが顔を出した。

「寅！」

駆け寄ってきて抱きしめられる。

「無事に帰ったね。本当に良かった。あんたが広島に向かってから、妙な胸騒ぎがずっとしていてね。きよちゃんといちさんも長屋からいなくなっちまうし、何か起きるんじゃないかって……」

「ぼくは大丈夫。いちさんときよが長屋からいなくなったって？」

荘介と話し合って、二人の死は言わないことにしていた。

「仁兵衛さんに言わせると、惚《ほ》れた男のあとを追ったんじゃないかって言ってたけど、若い娘が手形もなしに江戸を出られるわけないし……。何か心当たりはないかい？」

寅太郎は表情を曇らせ首を振る。

「そうだよね。寅は遠い安芸で庭のお仕事をしていたんだもの」

それにしても、とたまは荘介に視線を向けた。

「萩で剣術指南役になれるかもしれないって話じゃ……」

「いや、しくじってしまいましてな！」

荘介は陽気に頭をかいてみせる。

「さすがは中国の雄藩で指南役を務めているだけのことはあった。俺のなまくら剣法ではまるで歯が立たなかったな。ははは」

「そう……それは残念だけど、荘介さんが戻ってきてくれたのは嬉しいわ。うちの人も佐七さんも寂しそうだったもの」

「では今日は皆で飲むとしよう。庄吉《しょうきち》さんにもそう伝えておいてくれ」

そう言って長屋に入っていった。寅太郎もたまと共に我が家へと帰る。懐かしい家の匂いがした。

「庄吉さんは？」

「ああ、あの人は仕事だよ。あんたが帰ってくるまでしっかり稼ぐんだって言ってたけど、今一つ景気がよくなくてね……」

たまの表情は冴《さ》えないままだ。

「仕事、少ないの？」

「そうね……一つ気になることを言っててね」

たまは声を潜めた。

「どうやら、上さまのご体調が良くないみたいなの。庭にいればいろんな話が耳に入ってくるじゃない。それであの人も知ったみたいなんだけど」

「そうなんだ……」

将軍が替わるとなれば、世も揺れ動く。それは寅太郎たちにとっても好機であったが、天下を覆すにもまずは四郎の聖遺物を集めることが必要であった。

夕刻となって、庄吉も帰ってきた。

「寅！」

その肩を力強く摑もうとするが、寅太郎は素早くそれを避けた。

寅太郎は昔、〝種〟の力をうまく使いこなせず、彼に触れる者を傷つけることもあったため、他人に触れられることを極端に嫌っていた。今でもそれを許すのはたましかいない。

それでも寅太郎の顔を見ると、

「いい加減触らせてくれてもいいのによ。ま、しかし何だか大人になった。いけない遊びを覚えてきたんじゃないだろうな」

と言ったものだから寅太郎はどきりとした。

「ま、お前の年なら遊郭遊びも悪くないもんだ。今度大きな金が入ったら一緒に行こうぜ」

そんな夫の頭にげんこつを落としたたまは、

「寅に悪い遊びを教えたら承知しないからね！」

「男は勝手に悪い遊びを覚えていくもんだ！」

と言い合いを始める。それが懐かしくておかしくて、寅太郎は噴きだしてしまった。それを見て、二人も笑い出す。

「寅が帰ってきたからたまの様子がおかしくなっていけねえや」

「それはあんたでしょ」

「どっちでもいいや。息子が見聞を広めて帰ってきたんだ。まずはゆっくり休めよ。たま、俺は酒と肴《さかな》を買ってくる。寅が本当に大人になったか、酒でも飲ませて確かめなきゃならねえ」

「やめなよ」

そう言いつつ、たまは上機嫌であった。

第三章　死人の庭

一

寅太郎が庭造りを任されている広島藩の江戸藩邸には、既に国元から話が伝わっていた。

「上田宗箇どのからも、そちに任せておけばよい、との言葉が伝えられている」

江戸家老は寅太郎の顔を見て頷いた。

「職人たちも揃っているな」

寅太郎の後ろには、庄吉たちをはじめとする、植正《うえまさ》の面々が揃っている。最初は寅太郎が指図をすることに反対をしていた職人連中も、ことここに至り、上田宗箇のお墨付きまで出たとなると、言を翻《ひるがえ》さざるをえなかった。

「では仕事にかかってくれ」

半纏《はんてん》姿の庭師たちは手際よく、庭へと散っていく。

「それにしても、寅に大きな仕事をもらう時が来るとはなぁ」

庄吉は感慨深げに言う。

「一番の親孝行だよ」

「これも金三《きんぞう》親方と庄吉さんが教えてくれたから……」

金三は植正の頭で、庄吉と寅太郎の師匠といっても差し支えのない人物だ。

「でも、草木と話す技は教えようがねえもの」

寅太郎は、広島藩邸に既に植えられている草木をうまく使おう、と職人仲間には話していた。

「それでは新しさがない」

多くの職人が反対した。庭を大きく変える時は庭師ならではの新味を入れたくなるものだ。広島には縮景園という天下に名を轟《とどろ》かせている名園がある。それを学びに、寅太郎ははるばる広島まで行ったのだ。

「負けないものを造りたいじゃねえか」

庄吉ですら、そう言った。

「勝ち負けじゃないんだ」

寅太郎は引かなかった。

「宗箇さんは武家が武家であることを忘れぬための庭を造っていた」

「武家が武家であるための庭……」

　庄吉たちは顔を見合わせた。

「どういうことだ」

「縮景園でぼくには見えたんだ。あの庭が夕暮れの赤い光の中で、侍大将に指図された騎馬武者や足軽たちが駆け、ぶつかり合う様がはっきりとね。庭の草木も、まるで自分たちが戦士であると信じ込んでいるような勢いがあった」

　寅太郎の言葉の熱気に、職人たちも聞き入っていた。

「それにしても」

　金三は庭の縄張り図を見て首を傾げた。

「こんな変わった庭は見たことがねえ」

　大きく盛り上げた築山に、季節ごとに花を咲かせる草木が配してある。もともと庭木をなるべく残した庭の結構にはなっていたが、それまであまり手が入っていなかった庭の西側は大きく掘り下げて池にしてある。

「この庭でお武家さまが満足してくれるのだな」

「庭は心を休めるだけでなく、奮い立たせる場でもあると、宗箇さんはお考えでした。広島の浅野《あさの》家もそれを認めていらっしゃるということだと思っています」

しばらく考え込んでいた金三は、よし、と頷いた。

「大がかりな仕事になりそうだが、この仕事を指図するのは寅だ」

職人たちも、以前のような不満を表情に表すことはなかった。いよいよ仕事にかかろうという時、江戸家老が慌てた表情でやってきた。

「もう庭の縄張りは決まったのか」

「はい」

寅太郎は胸を張って答える。だが江戸家老は申し訳なさそうに額を拭った。

「いやな、殿もお前たちの案を気に入って下さっていたのだが、急に庭の一隅に茶室が欲しいと仰ってな」

「屋敷からつながるように建てられるのですか」

「いや、庭の築山の上がお好みだ」

職人たちは顔を見合わせた。

「ですが、茶室を新たに庭に設《しつら》えるのは、庭の結構を大きく変えることになります。となると、また縄張りをやり直さなきゃいけねえ。手間を厭《いと》うているわけではありませんが、お殿さまがお求めの美しさになるかどうかは、もう一度よく考えてみないと……」

だが、金三の言葉を寅太郎は遮《さえぎ》った。

「いえ、藩邸のお庭は、何よりお殿さまのご意向を受けて造られるべきものです」

ほう、と江戸家老は感心し、ほっとした表情になった。

「それはありがたいことだ。もちろん、仕事が長引いた分の手間賃も払う。材料で新しく必要なものは何でも申せ」

そう言い渡すと、屋敷へと戻っていった。

「茶室を造ると風景が全く変わっちまうぜ」

庄吉がくちびるをへの字に曲げた。

「いいんだ。庭の真ん中に茶室が欲しいと仰っているのは、この屋敷に二の丸が欲しいということだから」

「二の丸？」

庄吉だけでなく、職人たちも首を傾げた。

「お殿さまには逃げ場がないんだ。国元にいても江戸にいても、心が休まる暇なんてない。誰かが見ていて、少しでもしくじればご公儀から叱られて禄高を減らされたりする」

「それは、お前が西に旅して感じたことかい？」

金三が訊ねた。

「はい。お殿さまはみんな窮屈《きゆうくつ》そうでした。武士なのに戦う場所もなく、その国で一番偉いのに、好きなこともできない」

「ああ、遊びに行くところもないってことかい」

庄吉が手を打った。

「吉原なんかは江戸に来たお殿さまがお忍びで行ってるなんて話は聞いたことがあるが……」

「行いが悪いと睨まれたら、ご公儀に何を言われるかわからない。そりゃ息をするのだって気を遣うだろうさ。庄吉には縁の無いご苦労だよ」

金三が言った。

「お殿さまなのにかい？　やだやだ。俺は屁をこいても酒で潰れてもお咎めのない今の暮らしがいいね。そんな話はいいんだ。寅よ、ああして啖呵《たんか》を切ったってこたあ、何か考えがあるんだな」

領いた寅太郎は、筆と紙を取り出し、庭を大きく描き換え始める。

「これはまた……」

横から覗いていた職人たちは一様に呻いた。

「これまで話してきた庭と全く違うな。まだ手をつける前だからいいが、こうしたのには理由があるのか」

「茶室は俗世から離れたところ、と教わりました」

「そうだな。茶の湯の場は、世間でどれほど偉かろうと、その飾りを全部落として楽になれるところだ。位の高いお武家さまは裸になることなんてできないから、風炉《ふろ》を沸かし、茶を点《た》てて普段背負っているものから解き放たれるんだ」

金三は頷く。

「それだけなら、もっと表御殿に近くてもいいはずです。でもお殿さまはわざわざ、広い庭の真ん中へ置けと言いました」

「よっぽど鬱憤《うっぷん》がたまってらっしゃる」

職人の一人が言うと、皆が笑った。

「こら、失礼だぞ」

金三はたしなめた。

「ともかく、庭の真ん中に、にじり口をくぐらないと他人が入れないような茶室を造るからこそ、こんな山城みたいなつくりにするってことだな」

寅太郎は頷いた。

「よし、今度こそ始めようぜ」

金三の号令で、職人たちはきびきびと体を動かし始めた。

二

広い庭を造る仕事は、早々に成る仕事ではない。

芸州《げいしゅう》広島藩の上屋敷は、桜田門《さくらだもん》近くにあって一万三千坪を超える敷地を誇っていた。その庭の広さも、当然広大なものとなる。

寅太郎の指図に従って働く庭師の数は、金三が方々からかき集めたこともあって、百名を超えていた。

「こりゃ壮観だな」

庄吉は庭に散る様々な屋号が染めこまれた法被《はっぴ》を見つつ、感心したように首を振った。寅太郎も作業に加わろうとしたが、

「普段なら棟梁《とうりよう》も働くが、これほど大掛かりなことをするんだ。総大将はどん

と構えておいた方がいい」

ということで、茶室が設えられる予定の、庭園中央にある築山の上に座らせているのである。

「庄吉さん」

寅太郎は周りに人がいないのを確かめて、心細げに言った。

「落ち着かないよ」

「誰だって最初から棟梁に馴染《なじ》んでるわけじゃないさ。そうして何度も人の上に立って、うまくいったりしくじったりして偉くなっていくんだ。俺たち職人の渡世ってのはそういうもんだ」

表門から、庭木が何本か運ばれてきているのが見えた。何人もの男たちが、暑さの残る日差しの下で、汗を光らせて大きな松を運んでいる。

庭造りはまず『露地』が肝要である。庭造りにおいて、それは単に露《あら》わになった地面、という意味ではない。門をくぐり、目指す場所までの全てを指す。庭全体を示すこともあったが、特に『露地』というと庭から茶室までの道筋を意味した。

「どうする」

庄吉は寅太郎が描いた見取り図を見て、露地のあたりにめどをつけて指を動かしてみせた。

「こんな感じか」

「もう少し入り組んだ感じにしたい」

寅太郎が動かした指は、庄吉よりも曲がりが多かった。

「くどくなるぜ」

「かもしれない。でもこの方がいいと思うんだ」

「茶室を設えるってことは、この庭はでかくても茶庭だ。利休翁《りきゅうおう》も確か言ってたじゃないか。侘《わ》びたるは悪し、ってさ」

侘び茶を大成させた利休だからこそ、侘びをことさら狙うのはそこにあざとさが生まれ、かえって侘びの本質から離れると考えていた。

「客人はきっと考えると思うんだ」

「考える?」

「茶室までの露地がどうしてこんな風なのかって」

寅太郎が座っているのが、茶室の建つはずの場所である。ここは言うなれば、本丸にあたる。彼の脳裏には、原城での日々が甦った。あの城は希望の地であった。そこでは誰もがでうすの教えを尊び、互いを敬し、ただ四郎を愛していた。

その場を傷つけようとする者を、誰一人として近付けたくはなかった。

「ああ、ここの主に会うことは、異なことなんだって。入り組んだ庭と露地を茶室まで進む間に、主の心を思うんだ」

「なるほどなぁ……」

庄吉はため息と共に言った。

「俺たちは最近、庭はこういうもんだって、頭の中で固めてしまっていたのかもしれねえ。茶庭ならこう、寺社なら、商家なら、ってな」

「庭はこの天下でただ一つのものだって、宗箇さんが教えてくれた」

「ちげえねえな」

築山の下を通りかかった金三が、

「いつまで油を売ってやがる」

と叱りつけた。

「今回の棟梁と仕事の算段を付けてたんですよ！」

「他の連中はその算段がしっかり頭に入ってるんだ！」

首を縮め、庄吉は築山を下りていく。

一か月ほどが経ち、朝夕は冷えを感じるようになってきた。それと共に、庭も形が整いつつある。

「何だか、天守の無い城って感じだなぁ」

茶室も大工が入って、瀟洒《しょうしゃ》なものが間もなく完成するところであった。茶室の周囲には丈の低い椿《つばき》が植えられ、周囲から中が見えないように高い垣で囲まれている。

「露地門からにじり口まで三度扉をくぐらなきゃならねえってのも、大掛かりな感じがするぜ」

庄吉はやはりそこを心配していた。

「いいんだって」

職人を束《たば》ねる金三の表情は明るい。

「そもそも、長く仕事をしている職人が納得できるような庭を造るんだったら、何も年若い寅に頼むことはねえさ」

「そうだけどよ……」

「お殿さまは兎も角もこの庭ができあがるのを楽しみにしていらっしゃって、あえて見ないようにしていなさるんだと。完成したあかつきには、国元から上田宗箇どのを呼んで宴を張るんだそうだ」

「本当かよ」

庄吉は緊張の面持ちになった。

「俺たちの造った庭が、あの上田宗箇に見てもらえるってのか」

「心配しなくても、誉められたり怒られたりするのは寅だぞ」

「何だよ。俺たちも頑張って働いただろ」

口をとがらせる庄吉に、寅太郎は皆の力がなかったらこれほどの仕事はできなかった、と懸命に礼を言った。

「冗談だよ。寅の指図がなければ、ここまでやれなかった。俺は嬉しいぜ」

表情を和《やわ》らげ、息子の肩に手を置こうとするが、やはり避けられるのだった。

三

大大名の江戸藩邸となれば敷地も広大である。庭造りは順調に進んでいたが、手付から一年ほど経った寛永二十一年（一六四四）の秋も深まってきた九月十三日、ようやく完成の時を迎えようとしていた。

「いよいよだな」

糊《のり》のきいた法被をはおった庄吉が、感慨深げに庭を見回す。まだ早朝のことであるが、主だった職人たちは最後の検分に訪れている。昼には、藩主が催す庭のお披露目と、直々の点前《てまえ》による茶会が予定されていた。

もちろん、庭師である寅太郎たちがその席に招かれることはない。老中阿部忠《ただ》秋《あき》が将軍の名代として訪れ、京都から下向してきていた公家衆、そして僧侶が数人である。

「いい庭になった」

白い露地の中に作法通りの飛び石が置かれ、侘びを感じさせる庭を進むと、曲がり松の向こう側に築山が見えてくる。露地門が山の裾に設えられ、客は主のいる頂の庵《いおり》を見上げる格好となる。

広い庭を越え、さらに山を登るうちに、幽境の趣が現れてくる。それは、山のあちこちに置かれた武州《ぶしゅう》の奇岩によるものであった。

「まるで仙界の城のようだ」

下から見れば、それは露地が長いことが目につく程度の大きめの茶庭である。だが、ひとたび築山の頂、庵から庭を見渡せば、玉石はたなびく雲海の如く、うねる露地はその間を自在に飛ぶ龍にも見える。

客は、長い道のりが実は龍の背に乗って仙境に至る道であったことを知る。

寅太郎たちにとって、依頼主である浅野公からの評判はもちろん気になった。公家衆や高僧たちにどう見られるかも、後の仕事に繋がるわけだから良いに越したことはない。ただ、何よりも気になるのは、広島からやってくる名人がどう見るかであった。

熟練の職人たちの助けもあり、自分なりの天下の庭を示せたような気がしている。

「いけね、小便したくなっちまった」

庄吉は身震いして一度寅太郎のもとから離れた。一人になった寅太郎は、庭をゆっくりと見て回る。四郎に種の力を与えられて、草木の声を聴くことができるようになった。その力と、庄吉たちに叩き込まれた庭造りの技で、ここまでのものを完成させることができるようになったのだ。

上田宗箇の庭を見て感じた、泰平の世にあってなお戦乱を忘れないこと。その気構えがあってこそ、戦乱よりもある種の苦しさに満ちた泰平を生きていけるのだ。

もはや天下は定まり、戦を知る者も随分と減った。

「寅太郎」

声を掛けられて、寅太郎はぎくりとした。

「宗箇先生」

振り向き、膝をつく。

「今はそのような礼儀は不要だ」

宗箇は厳しさを秘めた、しかし静かな表情で庭を見回していた。

「激しいな」

ぽつりと、そう言った。

「お前は何を思って、この庭を造った」

「安芸の殿が心を休められるように。そして、宗箇先生の庭から感じた戦をここに籠めました」

「お前はどうして戦を知っている」

「ぼくは肥前島原の生まれです」

庭の方を見たまま、宗箇は言う。

「あの城の中にいたのか」

「いえ……」

「本当のことを申せ」

「……父は殺されて、母は死に、ぼくはまだ幼く、戦が終わるのを震えながら待っていました。目の前で死ぬ人たちを、多く見てきました」

「左様か……」

宗箇は振り向き、じっと寅太郎を見据えた。戸惑ったように目を逸《そ》らす若い庭師への視線にしては、あまりにも鋭かった。

「寅太郎、お前は本当は、どこか大身の武士の子なのではないか」

「いえ、百姓の子です」

「では、どこかで兵学を学んだことは？」

「講釈くらいは聞いたこともありますが……」

宗箇は露地をゆっくりと庭の中央へと進んでいく。道は曲がり、茶室を見ながらゆっくりと近付いていく。

「守りは堅いな」

宗箇はそんなことを呟いた。

「このような庭は見たことがない。わしの造るものに似ていると言いながら、その中にある魂はまるで異なものだ」

露地門を抜け、中潜りを越えて茶室へと至る道を行く。

「塵外《じんがい》の地だ。常とは違う異界を現出するのが、庭であり、茶室である。日頃背負っている全てを捨て、場の主に身を委ねることで俗世では得られない喜びを感得する」

築山の頂に着くと、宗箇は振り返った。

「わしは庭を造る者として、訊きたいのだ。寅太郎、お前の心には何があった。何故、このような庭を造ることができる」

その時寅太郎は、庭を造り始めて以来、この仕事に熱中し過ぎていたことを悟った。

「ただ、宗箇先生の……」

「もうよい」

宗箇はもう山を下りていた。

「これより後、お前はもう庭を造らぬ方がよい」

「それは……何故ですか」

「世には様々な目がある。表に出ていることだけで全てをわかった気になっている者たちは幸いだ。だが、時に物事の奥底に隠された何かを見抜いてしまう者がいる」

寅太郎はそっと間合いを取った。

「わしはな、寅太郎」

ふと宗箇の気配が和らいだ。

「ずっと孤独だった。わしの造る庭に籠められた思いも、滾《たぎ》るような怒りや悲しみも、誰も理解してくれぬと思っていた」

繊細な心を隠して戦陣を往来してきた宗箇にとって、庭は心を思うさまに表せる唯一の場であった。

「もちろん、わかってもらえないからといって、拗ねているわけではない。世は見えない所に真がある。だが、見えていることが全てだ。わかるか」

寅太郎は黙って頷いた。

「だが、隠された心が通じることがある。お前が縮景園を見た時に申してくれた言葉を聞いて、わしの心は躍ったものよ。だから、寅太郎の造る庭も楽しみにしていた」

振り返り、もう一度庭を見回す。

「いい、庭だ」

最後にそう言って、宗箇は屋敷へと戻っていった。その背中を見送っていると、庄吉が戻ってきた。

「寅、どうしたんだ」

「いま宗箇先生がいらっしゃって」

「ほ、本当かよ！」

慌てて緩んでいた帯を締め直す。

「もうお屋敷に戻ったよ。この庭、いい庭だって」

庄吉は嬉しそうに頷き、大きく伸びをした。しかしその隣の寅太郎の表情は、暗く曇るのであった。

四

庭のお披露目は、無事に終わった。宗箇は藩主、浅野光晟《みつあきら》に呼ばれ、茶席を共にしていた。他には老中阿部忠秋に加え、遅れて松平信綱も訪れている。

「宗箇師がいらっしゃっていると聞いて、無理を言って寄らせてもらった」

信綱が言うと、

「堅苦しい挨拶はお止め下さい」

と光晟は止めた。

「ご老中衆においでいただくのは、むしろ我ら家中の誇りでありますゆえ」

「老中が一人でも気が重いでしょうに、二人も来ては肩が凝《こ》って仕方ありますまい」

真面目《まじめ》くさった顔で忠秋が言ったので、光晟と信綱は顔を見合わせた。

「豊後守がそのような戯れを言うとは」

「戯れではござらぬ」

触れれば指先が凍えそうな白皙《はくせき》を動かすこともなく、忠秋は言った。

「思うところを申したまで。ついでに申すならば、芸州どのが新しく整えなされたこの庭、感服つかまつった。各家の名園を目にすることは多くあれど、この庭ほどのものは少ない」

「ありがたいお言葉です」

光晟は逆らわず言った。風炉から湯を取り出し、器に注ぐ。茶筌《ちゃせん》を回すと、濃茶の芳香がぱっと広がった。

「お二人が気に入って下さったのでしたら、造ったかいもあるというもの」

茶を回し、皆が一息をついたところで、信綱が宗箇を見た。

「宗箇師はこの庭をどう見られる」

末座にいた宗箇は、信綱へと体を向け、拳《こぶし》をついた。

「庭の美しさを余人が弁ずることはできませぬ」

「美醜を弁ぜよと言うわけではない。貴殿にはどう見えているか、ということを訊ねている」

「弁ずれば、その言葉が老中の心を縛るでしょう。心を縛れば目も縛ることになります。感じたままのお心が失われてしまいます」

「宗箇」

光晟が見かねたように言葉を挟んだ。

「いや、お気になさらず」

信綱は手を上げて制した。

「無粋《ぶすい》なことを申しているのは私の方だ。この茶室に来るまでに、存分に庭を堪能させてもらった。豊後守と同じく、私もこの庭は素晴らしいと思う。しかし、何かこう、心に引っかかるものがあるのだ」

そう言うと、光晟に茶室の外を見たい、と頼んだ。光晟はちらりと宗箇を見た。宗箇が頷くのを見ると、老中二人を茶室の外へと誘《いざな》った。

露地門を出ると、築山の頂から庭の全景が見渡せた。

「伊豆守どのは、この庭のどこに引っかかると申されるのですか」

「この庭に瑕《きず》がある、と申しているのではありません。私はこの庭に似た風景をどこかで見たことがある。そんな気がする……」

そうですかな、と光晟は首を傾げた。

「拙者《せっしゃ》には、雲の海にたたずむ霊峰の上、という感じなのですがな」

信綱はやはり、庭を見つめたままであった。

「霊峰ではない。死体の山だ」

老中の言葉に、さすがに光晟は顔をしかめた。

「庭を前にあまりな言いようではありませぬか」

「安芸侍従どの。私はほんの数年前、大戦の場におりました。廃された城に立てこもった邪教の徒を皆殺しとし、禍根《かこん》を断ったとようやく胸を撫で下ろした。この天下では二度と起こさせぬと心に決めた時に見た景色と、よく似ている」

信綱は、この庭を造ったのは誰か、と光晟に訊ねた。

「遠州《えんしゅう》生まれの庭師で、金三と申す者が束ねる職人たちです」

「遠州？」

じっと黙ったままの信綱に、宗箇は遂に寅太郎のことを話した。

「島原の……そうか」

信綱は瞑目し、何か納得したかのように、頷いた。

「宗箇師の縮景園は、美の中に乱を描いたものであったな」

「は……」

「この庭もそうだ。しかし、宗箇師が描いたのは、武士どうしの戦だ。しかしこの庭は違う。この庭の中央に座する主は、計り知れない孤独と、そして悲しみを抱えている……」

だが、と信綱は続ける。

「それだけではない。この城の主は諦めてはいない。城に幽鬼しかいなくなろうと、滅びるつもりはない。そんな激しい気配も感じるのだ」

黙って聞いていた忠秋は、

「その庭師、調べてみますか」

「豊後守どのは、何か引っかかるところがあるのか」

「気になることは全て詮議《せんぎ》を尽くしておけば、後の災いになりません」

「そうだな……。ことは切支丹が関わることだ。閻羅衆に任せようと思うが」

だが、忠秋は首を縦に振らなかった。

「先だって、閻羅衆はその任を解くと議は決したではありませんか」

「任を解いたわけではない。高岡藩以外の者たちの任を解き、元の務めへと戻させたのだ」

「とはいえ、井上筑後守の麾下《きか》で閻羅衆にも参加していた者の数は多くはなかったはず。大目付の中根壱岐《いき》が束ねる甲賀衆を使えばよろしかろう」

信綱は反論しようとして、止めた。

「なるほど、彼らを使う方が確かに理があるな。安芸侍従どの、後で側衆の誰かをお城によこしてくれませんか。この庭を造った者のことを詳しく聞きたい」

「まさか、彼らが切支丹だと疑っているのですか？」

光晟は驚いていた。

「疑っているわけではないが、政は小さな兆《きざ》しを見逃さず、大きな流れを守るのが務めだ。まさか宗門改めを済ませていない者が江戸にいるとは思えぬから、安芸侍従どのに迷惑がかかることはない」

「それは助かりますな……。さあ、もう一服いかがですか。外も冷えてきました」

そう二人の老中を庵の中へと招じ入れる。後ろから従った宗箇は、もう一度庭を振り向いた。

五

庭が完成した日、たまは心づくしの献立《こんだて》を並べていた。

「うわあ」

寅太郎が目を輝かせているのを見ると、たまはふと胸が塞がる思いがする。広島藩邸で仕事をしている間、声を掛けるのも憚られるほどに張り詰めた気配を漂わせていたのだ。そして、たまは寅太郎が何者かを知っている。この無邪気さと、彼が背負っている物の大きさに、辛くなってしまうのだ。

「すっかり大人になったと思ったけど、まだまだ子供だな」

足を洗っている庄吉がからかった。

「子供を子供として扱って何が悪いんだい」

「やい、おめえは寅がこの仕事でどれほどの働きをしたか見てねえから、子供扱いするんだ。年が上の職人たちにも臆せず、堂々とした指図ぶり。こりゃあ、寅太郎はそこらの若造とは違うって思ったね。職人としてはまだまだ修業はしなくちゃならねえが、男としては一人前だ」

「さすがは私たちの子だね」

たまは目を細めた。

「さあ、食べましょう。あんたも今日は飲《や》るんでしょ? この仕事の間は決して飲まねえって言ってたものね」

「お、気が利くねえ」

いつもなら、暗くなれば寝床《ねどこ》に入って寝てしまうが、この日ばかりは行灯《あんどん》の油も惜しまずに三人で尽きぬ話をした。寅太郎もいつもはあまりしない旅先での話や、初めての海の旅のことを語り、たまは楽しげに聞いていた。

賑やかな夕食が終わり、一家は床に入る。

「大きな仕事は気が詰まるが、終わった時の気持ちよさも何とも言えねえな」

庄吉が大きな欠伸《あくび》をしながら言う。

「仕事終わりの気持ちよさじゃなくて、酒の酔いでしょ」

「そういう興が醒《さ》めるようなことを言うんじゃねえよ。それもこれもひっくるめての気持ちのよさじゃねえか」

と言い終わるなり鼾をかき始める。

「ほんと、早寝早飯芸のうちというけれど……」

たまが身を起こして笑っていた。

「おっと……庄吉さんが助けてくれてたから、何とかやりきれた」

たまは苦笑して、「おっとうって呼んでいいんだよ」と寅太郎の頭を撫でながら言った。寅太郎は、その温もりに頰を緩める。

「この人が何か役に立ったの？」

「ぼくは庭を大きくどうするかは決めたけど、細かいところは足りないところだらけだった。庄吉さんや金三親方が助けてくれたから……」

「そうかい」

たまは優しい表情で、寅太郎の頰《ほお》に手を添えた。

「いつまでも、こんな日が続くといいね」

寅太郎が頷くと、たまは安心したように身を横たえた。しばらくして母の寝息が聞こえるようになると、寅太郎はそっと寝床を抜け出す。

音もなく戸を開け、向かう先は大家の部屋であった。彼が戸口に立つと、中から佐七が顔を出した。佐七は天草四郎から授けられた「髪」の力で人形「お雪《ゆき》」を生けるが如く操って戦わせる、聖騎士の一人である。

「みんな、いる？」

「揃ってるよ」

くちびるの動きだけで話す。中は暗く、わずかな灯りもないが、誰がいてどのような表情をしているかはっきりとわかった。荘介、佐七、そして大家の仁兵衛が厳しい表情で端座している。

「いずれこういう日が来ることはわかっていた」

仁兵衛が言う。仁兵衛の力は「飛手《とびて》」で、宙に自在に手を飛ばすことができる。

「ぼくのせいだ」

寅太郎は暗い声で言った。

「広島藩邸の庭を造る時に、ぼくは頭の中に四郎さまと過ごした城のことを頭に思い描いていた。庭を通じてそのことを見破る人間がいるとは思わなかった……」

「わしらが聖なるお姿を足で踏んでまで信仰を隠しているのは、我らが切支丹であることを悟られないため。そうと疑われる恐れが少しでもあれば、止めておかねばならん」

「仁兵衛さん」

荘介がとりなすように言った。

「庭を通じて島原の気配を感じ取れる人間が、天下にどれだけいるんだ。しかも寅は、このお庭が島原をもとにしているものでございます、とはっきり周りに言っていたわけでもない」

「だが、公儀がこちらのことを再び怪しんでいるのは間違いない」

仁兵衛の表情が一層険しくなった。

「甲賀衆がこの長屋の周囲をうろうろしているのは、既に大目付あたりに話が行っているのだろう」

「閻羅衆はどうしたのだろう」

荘介が怪訝《けげん》そうに言った。

「公儀の中では切支丹はもう滅んだことになっているのかもしれんな。天海は海へと沈んで江戸に戻った気配がない以上、切支丹に対する策も変わっているのだろう」

仁兵衛は言った後、ふと口を噤《つぐ》んだ。

「あちらはやる気のようですね」

佐七は寂しげにため息をついた。

「仁兵衛さん、一つだけわがままを聞いてもらいたいのですがね」

「何だい？」

「このはちまき長屋の人たちにも随分と世話になりました。我らが戦えば、この長屋にも迷惑がかかります」

「あちらが我らを切支丹だと思っている以上、どの道迷惑がかかる。そのような感傷は持つなと言ったはずだ」

「感傷だけではありませんよ。ここは戦いづらく、守りづらい。そういう場所だからこそ、かえって隠れ場所には良かったのですが、戦うには不向きだ」

わかった、と仁兵衛が立ち上がると、美しい娘の姿へと変わった。彼の正体は、四郎の妻、まりあであった。乱の後、長屋の大家・仁兵衛として姿を変え、切支丹と聖騎士を率いているのである。

「寅、心に揺らぎはないな。我らはどれほど流転を重ねようと、四郎さまの遺志を受け継ぎ、切支丹の世を打ち立てねばならぬ」

「揺らぎはないよ」

「別れを告げに行くか？」

「いい……」

「龍寶寺《りゅうほうじ》へ」

まりあの言葉を合図にするように、皆が忍び装束となった。表を開け、長屋門を飛び越える。長屋の向こうに、夜の寺院がいくつも見えている。もちろん、どの門も固く閉ざされ、中で人の動く気配もしない。

寅太郎は一度足を止めた。

六

「どうした」

荘介が振り返る。

「何でもないよ。先に境内《けいだい》へ」

佐七とまりあはちらりと振り向いただけで、先に壁を越えていく。寅太郎は足を止め、手の中に〝種〟を呼び出す。一本の根が、長屋へ向かって伸びていくのを確かめ、寅太郎も寺の中へと入った。

龍寶寺の境内はかつて、彼らが深夜に策を話し合うために使っていたが、立花宗茂に気付かれてしまったために、足が遠ざかっていた。

寅太郎は境内に入り、本堂へと向かう。かつて天海の兄弟子であった豪海《ごうかい》という僧侶が住職を務めていたこの寺には大きな池がある。池には鯉が多く飼われているが、気配を感じてかしきりに騒いでいる。

寅太郎は本堂への階段に座り、じっと追手が来るのを待った。

数人が四方から寺に入ってくるのがわかる。こちらが気付いているとは、わかっていないようであった。四方から様子をうかがおうという構えである。だが、境内の目につくところには、寅太郎一人しかおらず、相手は罠の気配を感じて一瞬の逡巡を見せた。

追手も忍び装束であるが、さすがに寅太郎の前に不用意に姿を現すようなことはしない。

寅太郎は〝種〟を出そうとして、止めた。それどころか立ち上がって石畳へと進み出る。苦無が飛んでくる。だが、肌に届く一寸先で苦無は叩き落とされる。

矢と苦無が続けざまに迫るが、やはり寅太郎の肌を傷つけることもできない。ぴしり、と指を弾く音がする。それと同時に、五人の男が忍び刀を抜きつつ襲い掛かってきた。

だがやはり、刃は寅太郎に届かない。

「これが妖《あやかし》の術か……」

口惜しそうに言った刹那《せつな》、口から血の泡を吹いて倒れた。五人のうち四人は、荘介の刀とまりあの「飛手」によって瞬く間に倒される。飛手とは、自在に自らの手を移動させられる、四郎から授けられたでうすの力である。そして最後の一人の背中には、美しい娘姿の人形が腰を下ろしていた。

「自ら命を絶つ前に捕えたかったのですがね」

佐七がため息と共に言った。

「何者であるかはわかりませんが、私たちを狙っていたことは確かなようですね。これまで諸国の切支丹を襲っていた閻羅衆とは、明らかに違うようだ」

そうだな、と荘介も忍びの衣を検《あらた》めた。

「閻羅衆は各藩の精鋭から選《よ》りすぐりの者たちを鍛え上げ、忍びの術も使えるようにしてあった。しかし彼らは、生まれながらの忍びであるようだ。持っている道具からすると、甲賀衆だな。島原でも痛い目に遭わされたことを思い出すよ」

甲賀衆が城の中でどれほど仲間たちを苦しめたか、切支丹たちの記憶に新しい。井戸を穢《けが》し、病の元を持った鼠《ねずみ》を走らせ、そして流言飛語をばら撒《ま》いて城に籠る者たちの心をかき乱した。

「やはり公儀の隠密と考えた方がいいですね。つまり、はちまき長屋に切支丹がいるとはっきりと掴んだわけだ」

人形のお雪が悲しげに顔を覆う。

「さらば穏やかな日々よ、というところですか……」

「穏やかな日々など、はじめからありえない」

まりあが言った。

「おそらく、この顚末《てんまつ》を検分している者がいるはずだ。寅」

もちろん、その気配を寅太郎の種が逃しはしない。

「殺す？」

「いや、復命するのであれば当然城か、指揮を執《と》っている者の屋敷へと向かうだろう。以前は高岡藩主井上筑後守が閻羅衆を率いていたが、今の相手の首魁《しゅかい》は誰か、つきとめておいた方がいい」

寅太郎は二人の忍びの気配を感じていた。

彼らは城へと向かわず、神田《かんだ》にある藤堂和泉守《とうどういずみのかみ》邸南に並ぶ一軒の屋敷へと入った。

「側衆、中根正盛……」

寅太郎からその名を聞くと、まりあの顔が殺気に染まった。

「奴が島原の時も甲賀衆を操っていたのだな。寅、聖遺物の気配はあるか」

「……ない」

あの桁外《けたはず》れの力を解き放ち、人に植え付ける術を使えるのは、公儀の側には天海しか存在しないはずであった。使いこなせないとすれば、一対一の力で寅太郎たちに敵う者はまずいない。

「中根を殺す」

まりあがそう言った時、やめておけ、と何者かが声を掛けてきた。お雪が跳躍し、声のする方へと手刀を突き立てた。

「側衆一人を殺して揺らぐような幕閣だと思っているのか」

お雪を胸に抱いて姿を現したのは、由井正雪であった。

寅太郎たちが、不意の登場に身を構える。

「敵を一人一人殺していかねば、敵を滅ぼすことはできない」

寅太郎から正雪の話は聞いていたまりあが言うと、正雪は舌を鳴らした。

「わかっておらんな。お前たちが一人殺している間に、敵は何倍にも増えていく。万が一、その一人一人を積み重ねて将軍までたどり着いたとしよう。その後はどうするのだ？」

「その後はでうすの教えが天下を統《す》べる」

「皆がその教えに、ありがたがって頭を下げるのか」

「でうすの愛は全てを包み込む。心配はいらない」

正雪は呆れたように肩をすくめる。

「お前たちは天草四郎に近いから、でうすの教えを強く信じておるのだろう。それはよくわかる。だが頭を冷やして考えてもみよ。お前たちの周囲が全て切支丹であったか？　百人中百人が、お前の仲間になったか？」

まりあは黙り込んだ。

「あの時は切支丹であれば罰せられるという禁制があった。でうすの世になれば、そのようなことはなくなる」

「では今、神仏を信じている者たちはどうするのだ。異教の神を仰《あお》ぎたくないと反発したら、同じく火山にほうり込むのか」

「そんなことはしない。でうすは慈愛の心をもって人々に恵みを与える」

まりあの口調は強くなった。

「政がそんなきれいごとだけで進むと思っているのなら、お前たちは公儀が切支丹を殺したその数倍もの人々を殺《あや》めることになるだろう」

まりあの表情が一変した。

「ほら、そこだ」

正雪はわかっていてまりあを挑発しているようであった。

「お前たちは島原の生き残りで、人並み外れた力を持っている。おそらく、天草四郎の側近を務めていたのだろう。不思議な力もあれば、公儀の者たちを多くあの世に送ることもできる。しかし、それはほんの始まりに過ぎないのだぞ」

まりあは飛手を収めた。

「その力、私に貸す気はないか」

正雪は大きな目を光らせ、そう誘った。

「私はこの天下を獲る」

「それは何のためだ」

「こぼれる者がいない世を創るためだ。浪人も、山の民も海の民も、そして切支丹も、これまで公儀の手からこぼれ落ちた、落とされた者を救うためには、私が天下を獲らねばならない」

まりあは首を振った。

「それはできない。我らは四郎さまの遺志を継ぎ、でうすの世を……」

「それはわかっている。でうすの世にしたければ勝手にするがいい。私の天下ではそれを止めることはせぬ」

「……私たちに指図できるのは四郎さまだけだ」

「死人がどうやって指図できるというのだ」

「四郎さまはいえすと同じく、時が来れば復活する」

「天海が集めていた切支丹の秘宝とやらが揃ったら、の話だろう？　だがそれは全てを取り戻せてはいないはずだ。天海が死んだ今、どうやって捜すのだ」

「それはお前が心配することではない。もはやお前と話をするのは無駄だ。行くぞ」

まりあの言葉に、寅太郎たちは去る。だが、正雪は寅太郎を呼び止めた。

「私の塾にも庭があるのだが、そこを手入れする者がいなくてね。居場所がないようなら、来るといい。助けてもらった恩もある」

寅太郎は答えず、一度その場を立ち去った。

七

島原を後にした時よりも、ひしひしとした命の危機は感じない。寅太郎たちはもう、百戦の闘士となった。だが、どこにも居場所がないことが、これほどまでに心もとないものだとは、予期した以上であった。

寅太郎たちははちまき長屋を出て、仲間を求めて各地を旅していた。

山の民たちはもはや、切支丹たちを受け入れてくれなかった。海の民に至っては、もはや姿すら消えていた。多くは町の片隅の、じめじめと湿った一画に押し込められて、かつての誇りを踏みにじられながら生きていた。

「我々と共に立とう」

まりあは懸命に説《と》いた。

「もはやその時ではない」

こぼれ落ちた者たちを率いる長は皆、まりあの求めをそう言って拒んだ。それどころか密告する者まで現れて、仲間を集めるどころではなかった。

「京都では天皇が替わったそうだ」

小さな焚火《たきび》を囲みながら、荘介は言った。その横では、お雪がゆったりとした舞を舞っている。

「これで京都もさらに江戸の言いなりだな」

荘介は浪人の姿ではなく、物乞《ものご》いの格好をしている。物乞いも、ただ一人できるわけではない。それぞれに縄張りがあり、頭がいる。彼らとて公儀の手からこぼれ落ちた者たちだが、切支丹に力を貸すそぶりは全く見えなかった。

「誇りはないのですか」

たまりかねたまりあは、ある河原者の頭に詰め寄った。

「誇りで食えるのか？　俺はそう思わない」

「誇りがなければ生きている意味がないでしょう」

「それもまずは生きてこそだ。ご公儀に従うことで、俺たちは生きていることを許される。生きていることすら許されなくなったら、天下に居場所はない。お前さんたちのようにな」

話がかみ合うわけもなく、寅太郎たちはその場を離れるしかなかった。

焚火の周りで、魚が脂《あぶら》を垂らして焼け始めている。

「やはり由井正雪の力を借りないか」

そう言ったのは、荘介であった。

「だめだ」

まりあはにべもなく拒んだ。

「何故だ？　山や海の民だった者たちの力を借りようとして、浪人衆を束ねる力のある正雪に助力を求めないのはおかしいではないか」

「万が一あの男の天下となっても、でうすの世になるかどうかはわからない」

「正雪はこぼれ落ちる者のない世を創ると言っている。これまでの行いから見ても、少なくとも切支丹を踏みつけにすることはないはずだ」

「やけに正雪の肩を持つな」

まりあは厳しい口調で言った。

「荘介は誰の意を受けて戦っているのだ？　四郎さまか？　それとも正雪か」

「俺は四郎さまを通じ、でうすの愛と力を知った。でうすの偉大な御手は誰をも拒まず、誰をもこぼさない。彼の力を使うことは、その御心に逆らうものではない」

懸命に訴える荘介であったが、まりあは頑として頷かなかった。

「正雪の志は第一に、己が天下を獲って覇王《はおう》となることにある」

「徳川以外の者が王とならねば、この世は変わらぬ」

「その座には、我らが就かねばならぬ」

荘介はため息をついた。

「まりあ、そなたは意地になっている。四郎さまはでうすの御世を夢見て戦っておられたが、自身が覇王になろうとは考えていなかったはずだ」

「何者かがでうすの教えよりも上に立つことは、四郎さまの遺志から考えても許されぬことだ」

「でもこのままでは、天下に残された仲間たちの心は折れてしまう。一日でも早く我らが大きな力と共に在ることを告げ、まずは教えの火を広げなければならないんじゃないのか」

まりあと荘介の意見は、全く歩み寄る気配はなかった。佐七がちらりと寅太郎の方を見た。珍しく佐七の表情には迷いがあった。そしてそれは、寅太郎も同じだった。

四郎の力を授けられて、でうすの世にするために全てを捨てて戦ってきた。だが、天海を倒して形勢がよくなるかと思いきや、戦況は何も変わらない。

これまでのやり方で良いのか、寅太郎も自信がなくなっていたのだ。

「私の言葉に従えないのであれば、去れ」

「俺はそなたを四郎さまの名代と思って従ってきた。だが、そなたの家臣や従僕になった覚えはない」

まりあの肘《ひじ》から先がふっと姿を消した。

次の瞬間、ぎいん、と鈍い音が二つ続けざまに響く。

「無駄だ」

荘介が脇差を抜き払い、太刀を半ば抜いている。荘介の刃と、まりあの飛手が斬り結んでいた。

「お止めなさい。仲間どうしで争っている場合ですか。このように苦しい時だからこそ、皆で団結せねばならないのではありませんか」

「仲間とは争わない」

まりあは冷たく言った。

「しかし、私の言葉に従えなくなった者は仲間とは言えない」

荘介の顔が怒りに一変する。

佐七の口調が険しいものへと変わった。

「単なる仲間ではない。私たちはでうすの教えを戴《いただ》き、四郎さまの遺志と力を受け継いでいるんですよ。魂の兄弟ともいえる間柄ではありませんか。荘介も由井正雪にこだわりすぎです。もう少し落ち着いてまりあの言葉を聞いて下さい」

二人は刃を収めたが、視線を合わせることはなかった。

まりあはその後も、各地に山の民や海の民だった者たちの集落を訪れ続けた。

だが、村の中に入ることすら、難しくなってきた。切支丹の残党が訪れていると、既に密告されていたのだ。

彼らを追う甲賀衆も狡猾《こうかつ》であった。正面から彼らと戦うことを避け、罠を張り、長鉄砲や長弓を使うなど、間合いに入らず追い詰める策をとった。武や術では切支丹側が勝っていても、その俊足はほぼ互角であり、人数では圧倒的に公儀側の方が勝っていた。

荘介はその間、一度も口を開くことはなかった。何とか集落に入り、まりあが懸命に説得を試みている間、寅太郎たちも何も言わなかった。

上総《かずさ》の山奥にある杣人《そまびと》の集落を訪れた際も、やはりそうであった。かつて山の民として自在に山谷を往来していた者たちは、耳を塞ぐようにして出ていくよう命じた。その夜のことである。

「……狙われている」

寅太郎が目を覚ました。

種が辺りに張り巡らせている根が、足音を消して地を踏みしめる気配を感じ取っていた。どれほど気配を消し、足音を消そうとも、重さを消すことはできない。

「何人だ」

刀を抱いたまま眠っていた荘介が瞼《まぶた》を上げ、訊ねた。

「……二人」

「御庭番衆にしては少ないな」

「気配も違う」

どこかで会ったことのある、不思議な、そして危険な気配だった。

「まさか……厳島で死んだはずでは」

その言葉に荘介がさっと立ち上がった。

「あの閻羅衆の若い侍か」

寅太郎と荘介は市正の戦いぶりを見ているが、まりあと佐七は知らない。

「天海によって『聖釘』の力を与えられた者だと？　戦って聖遺物を奪い返すのだ。天海が海に姿を消して手掛かりがなくなっていたものが、自分からやってきたのだぞ」

「いかん」

荘介は数日ぶりにまりあに口を利いた。

「聖遺物の力と戦うには、やはり聖遺物の力が必要だ」

懐から『荊冠』を取り出す。それは枯れて茶色くなり、力を失っていた。

八

「荘介は荊冠の力を、使うことができたのだったな」

寅太郎はまりあが奇妙な表情をすることに、戸惑っていた。仲間が聖遺物の力を解き放てるのだとしたら、それは喜ぶべきことだ。切支丹側にある聖遺物は、聖槍、荊冠、聖骸布、と三つあるが、荘介が荊冠の力を引き出すまで、眠りについたままだった。

「では、早く使うのだ」

まりあは冷たく命じた。

「何だその言い方は」

荘介も不愉快さを隠さず言い返す。

「一度使えば、また力を発揮するのに時を要するのはまりあも知っているだろう」

「だが、相手は使えているのだぞ。一度使えば、その時の手順を憶えているのが普通ではないか」

荘介は舌打ちし、顔をしかめた。

「……あちらには天海という術師がいたのでな」

「私では力不足だと言いたいのか」

「いちいち突っかかるな」

「敵が近付いているよ」

寅太郎は冷静に言った。だが、腹の中では怒りが渦巻《うずま》いていた。

これから敵が襲い掛かってこようというのに、何をしているんだ。

「内輪もめしているような味方は、敵よりも悪い」

寅太郎の声に、まりあと荘介は口を噤んだ。

「ぼくたちがここで仲間割れして敵の刃の下に倒れても、天下は何も変わらない。教友たちはでうすへの信仰を隠して、息をひそめるように生きていく。山や海の友たちは、誇りを捨てて命を選び、つらく長い年月を送るんだ」

一度手の中に〝種〟を戻した寅太郎は、〝種〟に思いを籠めた。

周囲の木々の声が、こちらに迫りくる二人の剣士の相貌《そうぼう》を教えてくれる。

「佐橋、市正……」

その若く整った顔には、広島で激闘の末に海へと沈んだ痕《あと》は一切見られない。いちの捨て身の攻撃はなんだったのか、と口惜しいが気配に出すわけにはいかない。それよりも、もしかして天海も生きているのでは、という恐ろしい予測も頭をよぎる。しかし今は、その心配よりも目の前の敵をどうやり過ごすか、ということだ。

「佐七さん、まりあさんを連れて逃げて下さい」

「四人で戦うべきではないですか」

「今はその方が危ない。まりあさんと荘介さんが共に戦っては、ぼくたちまでやられてしまう」

辛辣《しんらつ》な言葉を言っていると自分でも思ったが、皮肉でもなんでもなかった。ここはまりあと荘介を分けた方がいい。まりあは何か言い返そうとして、佐七に宥《なだ》められていた。

「どこで落ち合う」

佐七の問いにしばらく考えた寅太郎は、由井正雪の張孔堂を口にした。

「そこで大丈夫か」

「少なくとも、天下の他のどこよりも安全だと思う」

頷いた佐七が、何度も振り返るまりあの手を引くようにして走り出し、木立の中に姿を消した。荘介も寅太郎の側に立って刀を抜く。

「俺は言い過ぎた」

「まりあさんもね」

「四郎さまの妻として、これまで天下の切支丹の命運を背負って戦ってきたという自負もあったはずだ。そういう人に対する物言いはもっと考えてなさねばならなかった。俺も武人としてまだまだだ」

「それは本人に言ってあげて」

やがて、二つの巨大な気配が近付いてきた。

「来るぞ」

一人は太刀を抜き、寅太郎へと迫る。もう一人の佐橋市正は、刀を抜かずに一気に荘介へと間合いを詰めてきた。

寅太郎の〝種〟が熱を持って地へと落ちる。柊《ひいらぎ》の芽が顔を出すと、すぐさま一丈もの高さへと伸びる。濃い緑の葉が揺れると、数枚が刃となって剣士へと迫る。

それは間違いなく、その男の肉体へと突き立った。だが、葉ははらはらと漂って落ちてしまう。

「切支丹の術、案外と体に馴染む」

凄まじい刃風が寅太郎を襲う。だが、木々の枝が、幹が、邪魔をした。鋼《はがね》によって折られた枝が矢となり、木片が逆に礫となって男に襲いかかる。

「これまで、少々不公平だと思っていたんや」

全てが命中し、その衣と肌に食い込む。しかし、傷をつけることもなければ、撥ね返すこともない。その肌に触れた途端に消えてしまうのだ。

「もしかして、聖遺物の力……」

「そうやって呼ぶらしいな。市正に引き合わせてもろうたんや」

男は閻羅衆の吉岡源蔵だった。寅太郎の背後に無数の牡丹《ぼたん》が咲き、花弁が広がって源蔵を飲み込む。しかしやはり、源蔵に触れるなり消えてしまうのだ。

「一つわからんことがある」

源蔵は手のひらに花弁を載せ、消してみせた。

「これは〝箱〟の力や」

七つの聖遺物のうちの一つ「聖櫃」だ、と寅太郎ははっとなった。

「天草四郎はどうしてこんな物騒なものを作ったんや？　これほどの力をうまく使えば、天下の全てとは言わないが一国を保つことはできたかもしれん」

「一国では足りない。四郎さまの願いはでうすの教えを天下に広めること」

「せやけど」

源蔵は太刀を激しくふるいつつも、のんびりした口調で続ける。

「国の中を仲間内で固めて、ご公儀に逆らいませんと誓いを立てて、あとは国の中で閉じこもって決して出てこないって姿勢でいればよかったんちゃうの。島津みたいにさ。お前たちも別に、天下を獲って将軍さまになりたいとかじゃないんやろ？」

「そんなことは望んでいない」

「伴天連がいすぱにあ辺りの手先で、彼の国の王の意を受けて日本へ来てるって話を聞いたこともあるが、ご公儀がここまでがっちり国を閉ざしてしまえばそんな心配もあるまいに」

「宗門改めが初めからそのように振る舞い、国を治める者たちが切支丹を虐げなければ、誰も乱を起こそうなんて思わなかった」

「そうだよな……。そりゃ殺されそうになったら鼠だって牙を剝くよ。ましてや島原には戦乱の世からの切支丹の武士たちが多く残っていた。そこに心を砕かなかったのは、本当に政の過《あやま》ちだったと思うよ」

動揺を誘っている。

寅太郎は警戒した。こうして話している間にも、源蔵の体は〝種〟から発したあらゆる攻撃を消していた。だが、寅太郎は源蔵の動きを見ているうちに、それは消しているのではなく、吸い込んでいることに気付いた。

「不思議な箱や」

源蔵の刃が、徐々に寅太郎へと近付いていた。

「俺の心持ちに……いや、魂に語り掛けてくるようなんや。切支丹の頭目が遺した不思議の道具だというのに、まるで俺を待っていたかのように力を貸してくれる」

「嘘を言うな」

「これが嘘かどうか、お前にはわかっているんやないか？」

無数の枝の槍が源蔵を襲う。聖櫃の力と激しい太刀風が寅太郎の攻勢を止めているが、源蔵もその勢いの激しさと数の多さに前進を止められている。

「ちょうどお前たちとは逆のようになってるな」

源蔵は微かに笑みを含んで言った。寅太郎は意を摑みかねて顔をしかめた。

「切支丹の戦士は素晴らしい力を持っているが、ご公儀側の数の多さをいかんともしがたい」

寅太郎の攻めはさらに勢いを増す。だが源蔵はそれでも、じりじりと間合いを詰めてきた。寅太郎は逃れようとするが、背中を向けるわけにはいかない。

「お前たちを殺せば、戦いも終わりが見える」

「そうかな？」

不意に、女の声がした。

「先ほど逃げた者が戻ってきたか」

次の瞬間、源蔵が腹を押さえてうずくまる。そこから短刀の切っ先が突き出ていた。

「聖櫃は主となる者の心身を空にして、無限の貪食《どんしょく》をもたらすというが……」

木立から姿を現したのは、美しい娘姿の人形であった。

九

「聖遺物は私たちにとっては宝。それを公儀の者に使われるとは、これはでうすの試練といえども、辛いことだわえ……」

白い顔を震わせる人形に向かって、源蔵は苦無を投げた。

「なるほど、同じように奇妙な術を使えることを忘れていた。本当の声の主はどこや？」

刃を腹から突き出しながら平然と言う。

「痛みは人の大もとにございますれば、お忘れにならぬがよろしいかと」

「そこもとの言う通りよ、妖しき人形使い。人形であれば痛みを感じんのであろうがな」

「それは異なことを仰います。人形は人の心の精、体の髄《ずい》を形にしたもの。たとえ木から造られたとしても、痛みを感じない道理がありましょうや」

「面白い」

源蔵は腹を突き出し、一度引っ込めると刃も体の中に飲み込まれた。中から刃が何度も貫くが、すぐさま傷は塞がっていく。

「その術もいずれ、ご公儀に役立ててもらおう。この聖遺物のようにな」

刃はついに、源蔵の体から出てこなくなった。人形が源蔵へと跳躍し、大小の刃が交錯《こうさく》する。

「人形がこれほどに戦えるのか。大したもんやな」

どの忍びよりも速く、お雪は疾走《しっそう》する。だが、源蔵の刃もそれに等しく速い。

「俺の腹の中にあるこの刃、どこからか飛んできたわけでもなく、かといって幻でもない。ということは、どこからか移された、と考えるべきなんやろうな」

では、と源蔵が不意に刀を下げる。

「お前たちが聖遺物と呼ぶ道具は、いろいろと使いでがありそうや」

不意にお雪の前に飛手が現れる。刃の先が人形を貫き、お雪は倒れた。

「聖櫃、というんやっけ？　でうすと神の使いが交わした契約が、その中に入っていたと聞く。しかし俺と一体になったこの櫃は、空っぽや。だが、ただの空ではないで。こうやって、何でも入れられて、入れたものは自由に取り出せる」

佐七がお雪を抱えて呆然としている手を、まりあが掴む。

「それぞれの持ち主が現れたな」

逃げようとする二人を追おうと源蔵が走りかけた時、その体が大きく宙に飛んだ。それは飛んだのではなく、飛ばされていた。片足を縄に括《くく》られて逆さ吊りになった源蔵は、すぐさま体を起こして縄を切る。

だがその目の前に、飛手が閃いてゆく手を阻んだ。

「邪魔をするな！」

大喝と共に飛手を斬り砕こうとしたところで、二つの空飛ぶ手は姿を消した。

既に切支丹二人の気配は消えている。やがて、木立の向こうから市正も歩いてきた。

「源蔵さん、ご無事で」

「腹の中を切り刻まれたがな。だが、お前が授けてくれたあの櫃の力は大したもんや。臓腑に何の痛みも感じん。中が空になって、腹が減ってたまらんよ」

源蔵は笑いつつ腹を叩いてみせた。

「で、市正の方はどうだったんや。無傷ではあるようだが」

「向こうは勝敗を決するつもりはないようでした」

「かなり弱ってる、ってことかな」

市正は頷いた。

「切支丹の勢力は我らの働きによって大きく削られました。後は、天草四郎の遺志を継いでいるあの四人を始末すれば、当面の仕事は終わるでしょう」

「当面？」

「絵を踏んでも仏を拝んでも、心にある異教の神まで見通せるわけではありません。要はご公儀に迷惑をかけず、その教えを広めようなどと思わなければいいのです」

市正をじっと見つめていた源蔵は、

「お前は本当に変わったな」

と微笑《ほほえ》んだ。

「天海師が後ろに隠れているのではないか、と思うような気配を出すことがある」

「そうでしょうか……」

「まあええ。まずは江戸に戻ろう。奴らが身を寄せていた浅草《あさくさ》の長屋の連中を締め上げなければならん」

二人はすぐさま復命し、井上政重から町奉行に同心を動かしてくれるように依頼した。

「奉行所は動かぬ」

政重はため息と共に言った。

「やはり手土産がなかったのが痛かった。切支丹の詮議はもっぱら公儀御庭番の務めとすることを、ご老中に申し渡されてしまった」

「彼らでは切支丹どもに勝てませぬよ。折角甲賀衆を脅《おど》しあげて切支丹どもの行方を突き止めたのに」

「とんでもないことをする」

政重は呆れた表情になった。

「先に申し上げておきますが、喧嘩を吹っかけてきたのはあちらですからね。逆に痛い目に遭わせたら、それを報告するのは恥ずかしかったらしい」

しばし項垂《うなだ》れた政重は、

「切支丹を討滅しようという志は私も同じだ。だが、無茶をするなよ」

と釘を刺した。

「もちろん、喧嘩は売られない限り買いませんよ。閻羅衆の武と天草四郎から奪った力を使い、毒を以て毒を制する戦いを仕掛けなければ奴らには勝てませぬ」

政重は市正たちに向き直った。

「中根どのは才あるお人だ。しかし、影働きのことに関してはやや功を焦っているように思える」

「ご老中は何と仰せなのですか」

「もちろん、切支丹を天下から滅ぼす方針に変わりはない。私とて、甲賀衆の力はよく知っている。一揆《いっき》衆やその辺りに隠れている連中になら、過ぎた力ですらあろうが、今残っている敵はまことに油断ならぬ者たちだ」

「御意にございます」

「それを彼らにも身を以て知ってもらう他あるまい。しかし彼らも危険を悟り、中々姿を現さぬかもしれん」

市正には一つ、策があった。

「あの長屋の住人を捕えておく、だと？」

「奴らが情けで動くかな」

二人が首を傾げる。

「私もはっきりとは言えませんが、切支丹どもには意外なほどの弱さがあります」

「意外？」

政重は興味深そうに身を乗り出した。

「私は安芸で彼らと戦う以前に、彼らを見かけたり言葉を交わしたことがあります。周りに一切悟らせず、江戸の長屋暮らしに溶け込んでいました」

「それくらいの術は心得ているんやないか」

源蔵が口を挟んだ。政重も、それに同調する。

「忍びが何年も、時に何十年も敵地に潜み、寸毫《すんごう》も怪しまれないことはそちもよく知っているであろう」

「はい。それでも、です」

「念を入れたい、というわけだな。彼らを手元に置いておけば、切支丹どもをおびき寄せる餌《えさ》にもなれば、揺さぶる武器にもなる、と」

「左様にございます」

よかろう、と政重は頷いた。

十

江戸町奉行、神尾元勝《かんおもとかつ》は渋い顔をして白洲を見下ろしていた。そこには二人の男女が引き据えられ、平伏している。

「庄吉にたま、面を上げよ」

二人ともその顔は痣《あざ》だらけである。歯は砕け、顔全体が腫《は》れ上がっている。

「お前たちの養っていた子が、切支丹ではないかという疑いが出ている。この問いを投げかけるのも、もう何度目になるかわからぬ」

しかし、庄吉が平伏したまま、

「うちの子が切支丹だなんて、滅相《めっそう》もないことでございます。確かにあの子は島原から来たと聞きました。大家の仁兵衛さんの遠縁だということで、預かっております」

そう訴えた。

「寅太郎は庭師として修業を重ね、安芸さまの江戸藩邸のお庭の縄張りを任されたほどでございます」

「そんなことはわかっておる。だが、切支丹の兆しがあったであろう。仲間は他にいたのか」

「寅太郎は草木の声がわかる、心優しい子でありました。一緒に姿を消した仁兵衛さんや佐七さん、荘介さんも切支丹であった兆しは、長屋で暮らしている間一度も感じたことはありませんでした」

ふうむ、と元勝は天を仰いだ。

与力が近寄ってきて、さらに責めを加えますか、と訊ねた。

「いや、この者たちを解き放て。これ以上責めても益のないことだ」

そして二人に目を向けた。

「その方ら、今日は帰らせるが、今後寅太郎をはじめ、疑いのかかっている者が長屋を訪れたりしたならば、即刻番所に知らせよ。情にほだされて隠し立てするようなことがあれば、切支丹として扱う」

二人はようやく、長屋に帰ることができたのであった。

長屋の仲間たちは皆大喜びであったが、その表情は手放しに喜んでいるという風ではなかった。

「なあ、仁兵衛さんたちが切支丹って本当だったのか。あんたたちは知ってたのかい」

「そんなわけねえだろ！」

庄吉は強がって言った。

「大家が預かってくれっていった子供を大切に育てていただけだぜ。絵も踏んだし、旦那寺だってちゃんとあった。それでも切支丹だって言われて、俺がどうやって見抜けるってんだい」

「そりゃあ、切支丹っぽい祈り方をするとか……」

「おめえたちも一緒に寺詣《てらもうで》行ったことあろうがよ。その時妙な格好で祈ってたり、聞き覚えのねえお経を唱えたりしてたか？」

してない、と皆が頷き合う。

「俺たちは何も知らなかったし、どれだけ責められても、口の割りようがなかった。あの大家の野郎たち、今度顔を見たらぶっ飛ばしてやる。寅太郎だってそうだ。折角親として大切に育ててやったのによ。結局一度も触らせなかったし、おっとうと呼びやしなかった。皆もしあいつの顔を見たら、すぐに訴え出てくれ。一発ひっぱたいてやらねえと気が済まねえ！」

庄吉の激しい口調に、長屋の者たちの表情から疑いが少しずつ消えていった。

「あんたがそう言ってくれてよかったよ」

たまの裁縫仕事を手伝っている女たちが胸を撫で下ろした。

「きよちゃんも姿を消して、変だとは思ってたんだけど、まさかそんなことになってたとはね。長屋の皆、奉行所からお調べを受けて大変だったんだ」

「俺が謝ることじゃねえのかもしれねえが、苦労をかけちまった。切支丹と知らぬこととはいえ、息子として扱っていた野郎の秘密を見抜けなかったんだからな」

すまねえ、と頭を下げる庄吉を見て、長屋の者たちは戻っていった。

最後の一人が戸を閉めるまで、庄吉は頭を下げていた。夫婦は黙って長屋へと入る。

仁兵衛の部屋の前にあった鉢植えは、皆しおれていた。仁兵衛が姿を消した後、手入れをする者はいない。切支丹の疑いがかけられた者の鉢植えになど、水をやるのも憚られるのだ。

部屋に入ると、中は荒れていた。

「奉行所の連中が家捜ししていったのかねぇ」

「ほじくられたって何も出やしねえよ」

「着物はいくつかなくなってるねえ……」

たまは寂しそうに言った。

「着物なんてねえだろ」

「寅が嫁を取る時に着ようと思って、こつこつ仕立てていたのがあったのよ」

「そうか……」

庄吉はごろりと横になって天井を見上げた。天井のしみは、少し前の幸せだった時と何も変わらない。三人であのしみを見上げながら、毎晩話したものだ。庭ができたことを喜んだあの夜が最後になるとは……。

しみが滲んで、庄吉は慌てて妻に背を向けた。

「あんた」

外は暗くなり始めていた。奉行所に留め置かれてしばらく留守をしていた家は冷え冷えとしている。だが、たまは竈《かまど》に火を入れることもせず、火鉢を熾《おこ》そうともしない。

「なんだい」

しばらくして庄吉は答えた。

「さっき長屋の皆に言ったの、あれは本心かい？」

「……本心じゃなきゃ何だってんだ」

「私たち、あの子を息子と定めて面倒を見てきたんじゃないの？」

「……あたりめえだ」

背中に突き刺さるような視線を感じる。

「じゃあ、どうしてあんな薄情なこと言うのよ。あの子は息子なんかじゃねえ。大悪党って言うんじゃなくて、どうなっても俺が守ってみせるって言ってみなさいよ！」

庄吉はむくりと起き上がり、振り返った。たまはびくりとなったが、負けずに睨み返してくる。

「たま、よく聞けよ」

「つまんない言い訳したら、私は出ていくよ」

「おう、好きにすりゃいい。ただな、これだけはわかれ。もし俺が皆の前で、たとえ寅が切支丹であっても、いつでも帰ってくるのを待ってるなんて言ってみろ」

そこで一度言葉を切った。

「お奉行さまのお耳に入ったら、どうなる？」

「また、捕まっちゃうわよね……」

「今日まで檻《おり》に入れられていたのは、まだ切支丹と知っていて匿《かくま》っているっていう疑いだけだった。でも、今度は違うぜ」

庄吉は一気にしゃべって、くちびるの傷が開いた痛みに顔をしかめた。たまが手拭いに酒を浸して、傷を押さえてくれる。

「もうちょっと優しくやりやがれ」

「ごめんよ」

たまは俯《うつむ》いた。

「私、とんだ阿呆《あほう》だね……。あんたにそんな説教されるなんて」

「素直に誉められないのかよ」

「素直に誉めたら気味悪いって言うでしょ」

「ちげえねえな」

夫婦は久しぶりに微笑み合った。

「寅が切支丹だろうが化け物だろうが、俺たちが健《すこ》やかでいないことには帰る場所がなくなっちまうだろ？」

涙を流しながらも笑顔で頷く妻の肩を、庄吉は抱きしめるのであった。

第四章　正雪《しょうせつ》の乱

一

由井正雪の兵学塾、張孔堂は牛込《うしごめ》榎町《えのき》にある。

神楽坂《かぐらざか》を上りきった高台にあり、東は飯田町《いいだ》にかけて傾斜し、見晴らしよく富《ふ》士見台《じみだい》のあたりを見渡せる。

「辰吉《たつきち》」

正雪は玄関の掃除をしている青年に声を掛けた。声を発せず、腰をかがめることで青年は聞こえていることを示している。

「玄関の掃除の後は、庭木の手入れをしておいてくれ」

「へい」

青年は二十二、三であろうか、瘦《や》せて背が高く、灰色にくすんだ粗末な小袖姿である。小身旗本の小間使いといった趣であったが、一つだけ常と異なっている部分があった。

顔の大部分を、さらしで巻いてあることであった。

「病でしてな」

青年はあまり来客の前に姿を現すことはなかったが、時に来客の目に触れた際にはそう説明するのが常であった。

「あの青年にはちょっとした恩義があるのです」

多くの客は、青年の顔のさらしを気にした。

「病？　別にうつるものではありませんよ。お気になさるな。同じ屋敷に住んでいる私がこの通り健やかであるのに、一時の客であるあなたがそれほど気に病まれるとは解せませんな」

正雪が闊達《かったつ》に言うと、客たちは黙ったものである。

日が暮れて張孔堂の門が閉ざされた。塀越しに、光照寺《こうしょうじ》という近々神田から移設される予定の寺院の棟木が見える。張孔堂はちょっとした旗本屋敷ほどの広さがあるが、夜をここで過ごすのは正雪をはじめとする数人のみである。

正雪は軍学を学びたいという者には分け隔てなく教えた。楠木正成《くすのきまさしげ》を祖とする軍学を教えると標榜していたが、戦のことだけを教えるわけではなかった。

軍とは政である、と説く彼は、より良い兵糧をということで庭の一隅に田畑を拓《ひら》き、刀を鍛えるための鍛冶場もある。さらには、天文も兵法の一部だとして、屋敷の中に高い星見台すら設けてあった。

弟子入りを願う者は多かった。紀州公徳川頼宣と親しいこともあって、将軍家に近い筋からも講義を聴きに来る者がいる。大名家や旗本の弟子も多くいた。子弟を住み込みで修業させたい、と惚れこむ者も多かったが、正雪は全て断っていた。

「帰るべき家がある者はそちらからお通いなされ」

そう諭《さと》すのが常であった。数人の弟子が屋敷に住んでいることを、不公平と見る者もいたが、

「彼らはご公儀の手からこぼれた憐《あわ》れな者たちでしてな。耳目の不如意《ふにょい》な浪人、顔の溶ける病にかかった子供、膝から下の動かぬ老人……他にもおりますが、私が面倒を見て差し上げねばならぬほど、貴殿はお困りなのですかな」

通いの弟子たちもそういった者たちの姿を見ているわけだから、それ以上言い返せるわけがなかった。そんなわけで、夜になると張孔堂はごく限られた者たちだけの別天地へと変わるのだ。

「さあ、そろそろいいぞ」

正雪の言葉と共に、辰吉と呼ばれていた青年は顔のさらしを外した。

「よく我慢しているな」

「これくらいのことは苦しくも何ともありません」

事もなげに言った寅太郎は、つるりと顔を撫でた。正雪がふと笑みを漏らす。

「寅が張孔堂に来て、そろそろ七年になるな」

「そうですね……」

佐橋市正と吉岡源蔵の閻羅衆二人によって、寅たち天草四郎の遺志を継ぐ者たちは追い詰められた。

「千々石どのもそろそろ呼んできてくれるか。食事にしよう」

寅太郎は庭へと出た。いかにも武家屋敷にあるような、よく手入れされた書院式のものだ。だが、庭を深く知る者であれば、そこに心惹《ひ》かれるものは何も感じなかったであろう。

「庭師としての己を出すな」

正雪はそう厳しく申し渡した。

「張孔堂は各藩の諸士が集まる。上田宗箇ほどの眼力を持った者はそうはおらんだろうが、幕閣にも人多し。油断はいかん」

そうして整えた、ある意味でつまらない庭の中を、寅太郎は歩いていく。この屋敷にも幕府隠密が何度か来たことはあった。しかし、寅太郎を不審に思う様子はなさそうであった。

正雪は幕閣とも親しく、豪快に見せていて実は行いに気を付けているようで、警戒はそれほど厳しくなかった。

「荘介さん」

庭の隅にあるのが、星見台である。高さは三丈ほどで、辺りにそれに伍するような建物はない。建てているさなかの光照寺の伽藍《がらん》がかろうじて匹敵《ひってき》するほどの高さであった。

「夕食だって」

わかった、と返事があって荘介は下りてきた。彼は目に白い布を巻いていた。なのに、ごく自然に狭い梯子《はしご》を下りてきた。

「動きがさらに滑《なめ》らかになったね」

「まあな。張孔堂の周囲を歩いている人間の気配だけでなく、顔かたちもかなりわかるようになってきた」

「目の鍛錬に目を使わない、か……」

「四郎さまから授かった目の力に頼りすぎているからな。このままでは勝てない」

　もし仁兵衛と佐七の助けがなければ、市正はこちらのとどめを刺せたはずだ、と寅太郎もその時のことを思い出すと、いまだに胆が冷える。

　二人の訪れを、正雪は歓迎してくれた。

「これからしばらく、静かにしておいてもらう。武芸や術の鍛錬も止めてもらう。ただ静かに、池の底に潜んで獲物を待つ龍のようにおとなしくしているのだ」

「おとなしくしていては勝てない」

「勝てない相手に気配を察知されて敗北するのは愚か者のすることだ」

　正雪はずばりと斬るように言った。

「私の持つ聖杯の力を貸してやるには、お前たちが心を鍛えねばならん」

「心を……？」

「私は切支丹でないからか、真の主でないからかはしらん。ただ、聖杯がお前たちがこのままではいかん、と心配しているようなのだ」

寅太郎と荘介は顔を見合わせる。

「確かに、俺たちの勝利は遥か先にあって見えない。もしかしたら、間違っているのかもしれない。由井先生、どれほど己と向き合えばいい」

と訊ねる荘介に、五年、と静かに言い渡した。

「切支丹が滅んだ、と公儀が判じるまでな。五年というのは目安だ。長すぎるかもしれぬし足りぬかもしれぬが、その間に私の備えが整うだろう」

自信ありげな表情である。

そして寛永二十一年の秋から、慶安《けいあん》四年（一六五一）の春へと七年の時が過ぎた。寛永の世は終わりを告げ、四年に満たない正保《しょうほう》年間を終えて、慶安へと年号は替わっている。

寅太郎と荘介はその間、ただひたすら正雪の屋敷の中で潜んでいた。何もせず、術の鍛錬もせず、張孔堂の厨《くりや》で下男のふりをして時を過ごした。

広い学堂の厨に外の人間が入ってくることはまずなく、顔にさらしを巻いて病であることを外に示している寅太郎に近付く者も、またいなかった。

「向こうもまだ力の融合が完全に仕上がっているわけじゃないんだ」

「だが、こちらよりは出来上がっている。その差を埋めねばな」

寅太郎は手のひらの中の〝種〟を見せた。

「四つか……。増えたな」

「まだ足りない」

「あとは、佐七たちだが……」

この七年の間、二人の消息は全くわからなかった。この屋敷で落ち合おうといった限りは、寅太郎たちはここで待つつもりでいる。

「由井先生にもそれとなく探ってもらっているけど、それらしき知らせは入ってきていないみたいだ。無事だとは思うけど……」

二人が野垂れ死ぬことは考えづらく、もし捕えられたとしたら正雪の耳に入ってくるはずであった。それほどに、正雪は幕閣の動きに通じていた。江戸の至る所に彼の弟子はいた。

正雪には家族がいない。

「学問に専念するためでござる」

と周囲には話していた。両親は駿府《すんぷ》の宮ケ崎《みやがさき》にいるという話を、寅太郎は聞いたことがある。

「さあ、食おう」

食事は光照寺の裏にある長屋から、若い娘が炊事に来ていた。正雪が彼女に手をつけ、妾《めかけ》のように養っていることは知っていたが、娶《めと》るつもりもなさそうであった。

張孔堂の食事はごく粗末ではあったが、貧しいとはいえないものであった。玄米と漬物、みそ汁と干物がつく。漬物は娘が漬けているが、実にいい塩梅《あんばい》で飯が進んだ。

正雪と食事を共にするのは、寅太郎と荘介に、金井半兵衛《かないはんべえ》という男だ。手足も顔も長い男であったが、学問に優れ、剣槍にも優れている。

「そろそろかな」

箸《はし》を置き、正雪は静かな声で言った。

二

慶安四年の春三月、もったりと重く、それでいて心が浮き立つような春の気配が、庭に漂っていた。時折吹く南からの強い風が、微かに潮の香りを運んでくる。

「そろそろ、と言いますと、上さまの件ですね」

さっと食べ終えた半兵衛が、静かに師に向き直る。

「私が得た報によれば、家光の病はいよいよ篤《あつ》いらしい」

荘介と寅太郎は、驚いたように顔を見合わせていた。彼らの前で、正雪が将軍を呼び捨てにしたことは、これまでなかった。

「浪人たちの様子はどうか」

「御一新なれば、仕官の道も開けると喜び勇《いさ》んでおります」

「丸橋はどうしている」

「着々と備えを進めております」

正雪はしばらく黙り、寅太郎たちを見た。

「天草四郎どのが兵を起こす際の手筈《てはず》、実に我がためになっている」

「は……」

荘介は小さく頭を下げた。この屋敷に匿われ、慶安に年号が替わるまで、正雪は二人とほとんど口をきこうともしなかった。誰もが彼らを存在しないものとして扱い、寅太郎たちもひっそりと暮らしていた。

慶安に入り、将軍の体の具合がすぐれない、という噂が流れるようになった辺りから、正雪は彼らの話を詳しく聞くようになり、また、術の鍛錬を再開してよいと許しを出したのである。

「俺たちの心が成ってきた、ということですか」

荘介は喜んだが、正雪は首を振った。

「成ったとは言えぬが、決戦が近いのだ」

さらりと言った。その気配は寅太郎たちも感じている。張孔堂への人の出入りは激しくなり、人目につかぬように兵糧や武器が運び込まれ始めていた。

「四郎どのを戴いて挙兵した主だった者は、有馬氏配下の国衆であったな」

「左様です」

荘介は頷いた。

「天草、島原で国衆として長く暮らしていた者たちの多くは、徳川の世になってから苦しい暮らしを強《し》いられていました。士分ではなく百姓身分となり、それまでの誇りも奪われたものです」

「その苦しさ、ようわかる」

正雪は瞑目した。

「誇りを奪われても、人は生を選ぶことはできる。それはつらいことだ。しかし、誇りを捨ててでも生きようとするのが、命あるものとしての本能だ。だが、誇りの他に生きる術も奪われようとしたら、どうか」

江戸における浪人の暮らし向きは、さらに厳しいものになっていた。そもそも、そこに住むだけでも町内や五人組、十人組に、人を抱えない、武家奉公をしない、などの誓いを立てねばならなかった。

それに、大坂や京といった他の大都市では、主取りをしようと活動することさえ禁じられた。中間や小者となって奉公する口もままならず、百姓や商人になるのも易《やさ》しい道ではない。

「追い詰められた浪人どもの怒りは、静かに江戸へと集まっている。その怒りを恐れる公儀はさらに締め付けを強め、それは結局己の首を絞めていることに気がつかぬ。絶望はやがて怒りを弾けさせるのだが、その力を無駄にしてはいかん」

そう言って、一通の書状を取り出した。

文箱に入れられ、桐箱にしまわれた書状を丁重に取り出し、寅太郎と荘介の前に広げて見せる。それを見て二人は目を見張った。

「紀州公と親交が深いことは存じ上げているが」

その書状は、御三家の一つ、紀州藩主徳川頼宣のものであった。由井正雪の説の正しいことを誉め、将軍家に万が一のことがあれば、正雪に政の一翼を担ってもらいたい、とまで記されていた。

「これほどまでのことを……」

さらに先を読み進めると、天下に行き場をなくしている浪人たちを新たな将軍直轄の軍勢として雇い入れることが記されていた。

「天草四郎どのの義挙が失敗したのは、ひとえにこれを得ることを怠ったからだ」

そう正雪は言う。

「でうすのありがたさを私は理解できない。しかし、切支丹にとっては何より尊いのであろう。だからこそ、あれだけの人数を集めることができたし、死力を尽くして働くことができた」

「そうです。でうすの御教えは何よりも尊い」

荘介は言うが、正雪は首を振った。

「浪人にとって神仏よりも尊いものを、忘れている。荘介も浪人なのだから、それはたやすくわかるはずだ。侍は誰のために働く。誰によって禄を食《は》むか。それは決してでうすではないはずだ」

「主君、ということですな」

「左様」

桐の箱を大切そうに撫でた。

「紀州さまは誰よりも天下人の器量のあるお方。私はあのお方の先ぶれとして天下の指揮を執る」

決然と正雪は言った。

三

「私と金井半兵衛は近々西へと発《た》つ。私が京を、そして金井半兵衛には大坂を押さえてもらう」

「押さえるといっても、兵を連れていくわけにはいかないでしょう」

荘介の疑問に、金井半兵衛はにこりと笑った。

「我らの味方は天下いたるところにいる」

「しかし、いきなり軍として動くとは思えない」

「原城で勇敢《ゆうかん》に戦った者たちは、皆訓練を受けた兵ばかりだったか」

半兵衛の問いに、荘介は黙り込んだ。

「大坂も同様だ。ただ、彼らには激闘の記憶が残っている」

京へ向かうのは、正雪と金井半兵衛、そして江戸の高弟のうちどこの藩にも仕官していない浪人たちであった。

「公儀の隠密たちは全国に散っている」

そう正雪は説明した。

「家光に万が一のことがあれば、後嗣《こうし》はまだ幼い竹千代《たけちよ》だ。老中どもは大名を押さえつけ、浪人を締め上げようとするだろう。天下人の後継者が幼い子供となって天下が乱れるのは、古来変わらん」

「近いところでは豊臣《とよとみ》家でもそうでしたな」

金井半兵衛の言葉に正雪は頷いた。

「そうだ。太閤が世を去った後、幼君を支える者たちには貫目が足りなかった。結局は徳川家に天下を奪われることとなった。では、同じことをすればよい」

正雪は家光が世を去った直後の混乱こそ、狙うべきだと言った。

「しかし、老中どもが黙っていますまい」

「もちろん、黙ってはおらんだろう。これまでの地位や富を奪われるのかもしれないのだからな。だが、幕府が倒れて困る者がどれだけいるのか。もし、徳川家の天下の方がより生きやすいというのであれば、我らの挙は成らぬであろう」

そう言って正雪が立ったので寅太郎が皆の分の膳を下げる。戻ってくると、そこには巨大な江戸の絵図が広げられていた。

「寅太郎、ここが何かわかるか」

細く長い竹の棒で、正雪は絵図の一点を指した。江戸城天守の北西にある、広い区画である。

「駿河《するが》大納言、徳川忠長《ただなが》の屋敷ですね」

「さすがによく知っているな」

江戸の地理は大方寅太郎の頭に入っている。徳川忠長は、家光の弟にあたる。二代将軍秀忠《ひでただ》が当初彼を後継と考えていたことから、家光と忠長の関係はよいとはいえなかった。寛永八年に行状不行き届きとのことで蟄居《ちっきょ》を命じられ、翌々年に忠長は自刃している。彼の甲斐、駿河、遠江五十五万石は改易《かいえき》の憂《う》き目にあい、多くの武士が浪人することになった。しかし、その区画の中に新たに描かれたと思しき一隅には覚えがない。

「この数年の間にできたものですか」

「これは蔵でな。できた、というか最近その内実が明らかになったものだ」
江戸城は国家の中枢《ちゅうすう》である。その内側に何があるか、表向きに知られている
こともあるが、当然秘密にされている部分もある。
「公儀の連中にとって、最大の武器であるのは、いわゆる江戸の旗本八万騎だ。
彼らの中にも実戦を知る者は少なくなってきたが、それでも島原に参戦した者も
いれば、戦国の記憶を留めている者もいる」
対して、と正雪は続ける。
「江戸とその周辺にいる浪人は十二万、人によれば二十万を超えるといわれる。
もし彼らが結集すれば、人数だけなら公儀側と互角になる。ただ、全く敵わぬも
のが一つあるのだ」
それが銃砲だ、という。
「浪人衆の多くは銃弾を防ぐ甲冑を持たぬ。敵が銃口を連ね、こちらを狙えばひ
とたまりもない」
「それをまず奪う、と」
「奪うことは無理だろう。いや、もちろんこちらの手に入ればそれに越したこと
はない。しかし、手間に引き合わぬ」

正雪はあっさり言った。

「数万人が戦うための火薬煙硝の量は莫大《ばくだい》なものとなる。そこへ兵力を割《さ》くのは下策だ。こちらとすれば、銃砲の脅威がなくなればよい」

さらに、と正雪は天守へと棒の先を移動させる。

「ここの炎で城を焼くことができれば、城攻めとなった際に有利となるだろう」

正雪はそこで一度、竹の棒を下げた。

「寅太郎と荘介に頼みたいのは、この煙硝蔵への火付けだ。できるか」

「もちろん」

寅太郎は頷く。

「ただ、町に火は及びませんか？」

「それは心配ない」

正雪は胸を叩いて請け合った。

「この挙の中でも、特に危ない仕事だ。隠密だけでなく、無数の腕利きがお前たちを待ち受けるだろう」

「それ以上の戦いをしてきたから」

「そうだったな……」

「で、あんたたちは京都と大坂で何をするんだ」

荘介の問いに、

「至尊の権威をお借りする」

と答えた。紀州公だけでなく、天皇家の力を借りる、と正雪は言う。

「力を貸してもらえるのか」

「武家が力を握って以来、京都は常に、力ある者の味方をしてきた。要は禁中と公家衆を大事にするという姿勢を明らかにすればいい。綸旨《りんじ》さえ得れば、徳川家も朝敵となる」

「そこまで思い切ったことをやってくれるだろうか」

荘介は京都の情勢に詳しくはないが、戦国の世はある程度学んで知っている。実戦を常に考えねばならない四郎の聖騎士は、古今の戦いに通じている必要があった。

「そうそう朝敵の綸旨は出ないはずだぞ。戦乱の時代にも、朝敵となった大名家は出ていなかったはずだ」

「確かにな。あの当時はどの大名も天皇家に対して敬意を抱いていたものだ。だが、徳川の世になってそれも変わり、天皇家は江戸に対して激しい怒りをお持ちだ」

先々代の後水尾天皇は、幕府が禁中に課してくる制約を嫌い、ことあるごとに反発する姿勢を示した。表向きは皇室を尊重する、という立場を崩せない幕閣は、徳川の血を濃く入れることで制しようとしたが、その先手を打って譲位したこともある。

「朝敵とすることは断られても、こちらの意向を受けて和睦《わぼく》の勅許《ちょっきょ》を出していただくだけでも構わない」

「勅許が出れば、さらに仕事がやりやすくなります」

金井半兵衛が続ける。

「畿内には、戦国最後の戦の記憶が色濃く残っています」

「大坂の陣のことだな」

「そうです。島原の戦も十五万の兵力がぶつかり合う、それは大きなものだったが、大坂での戦いは冬には両軍合わせて三十万、夏の陣では二十万の兵が戦に加わった」

大坂の陣は、徳川の軍勢にも大きな損害を与えた。夏の陣では真田信繁《さなだのぶしげ》、毛利《もうり》勝永《かつなが》の突撃によって家康の本陣が崩されるほどの激戦となった。

「その記憶が幕閣には強く残っている。大坂の生き残りや、その血を受け継ぐ者を恐れているのだ」

正雪が言葉を継いだ。公儀による探索は寛永に入っても続けられた。大野治房《おおのはるふさ》や後藤又兵衛《ごとうまたべえ》の子が捕えられたのは、ごく最近のことである。

「畿内の浪人たちは、戦の後さらに苦しくなった。城方に加担したとわかれば、町に住むことも村に住むことも拒まれた」

落首に詠《よ》まれるほどの「すたりもの（廃り物）」呼ばわりされた戦士たちは、砂を噛むような思いで日々を生きるしかなかった。その生きる場所を探すことさえ許されないのである。

「絶望を救う権威が現れることを、彼らは心待ちにしているのだ」

「権威、か……」

荘介はため息をついた。評定が済んで、荘介と寅太郎は厨の裏にある下人部屋へと戻ってきていた。

「やはりでうすの教えのみでは、天下の人々を従わせることができないのか。それほど誰かに仕えたいものか」

「ぼくたちだって、でうすに、四郎さまにお仕えしている。その恩寵《おんちょう》を受けて戦い、こうして生き延びてきた」

感心したように荘介は寅太郎を見つめた。

「さすがは四郎さまの『種』を授けられた男だな」

「荘介さんはこの七年で、少し疲れたね」

「そんなことは……いや、そうなのかもな」

荘介の鬢《びん》には白いものがちらほらと混じっていた。

「戦っている方がずっと楽だ。剣と四郎さまの『眼』を頼りに、強敵を前にしている時、俺は苦しかった。でも、それは楽しくもあったんだ」

「わかるよ」

寅太郎は星見台から江戸の町を見回した。夜になれば、ごく小さな灯りがちらほらと見える他は闇の中に沈んでいる。

「でも、時を過ごすこと自体が戦いなんだ」

「確かにな」

戦う気概を保った切支丹は、もはや寅太郎たち四人しか残っていない。

「だが、ただ生き延びても、公儀はびくともしない。それどころか、日ごとに強くなっていく。まりあが説得に回って拒まれている様を見て、俺は絶望的な気分になっていた。公儀に虐げられる恐怖の方が、でうすの恩寵に身を任せる喜びに勝るのか、とな」

寅太郎は荘介の肩を叩いた。

「荘介さんの気持ちもわかるけど、ぼくの思いは少し違う」

星見台にもたれ、そのまま落ちた。荘介が慌てて下を見ると、蔦《つた》の布団に乗って、せり上がってくる。

「四郎さまは貧しく、苦しく、飢えた人ほど、天国に近いと仰っていた。でうすのために苦しむ者は、でうすによって救われるだろう、と。だから、この一瞬も、救われる前の試練に過ぎない」

「そうだな……それはよくわかっている。でうすの御心にかなう天下にしなければならない。今は誰かの力を借りても、最後は復活した四郎さまのもとに、全てが従うようにしなければな」

荘介は星見台を下りていった。寅太郎はしばらく江戸の街を見ていた。南に将軍の住まう天下の中枢がある。江戸の多くは武家屋敷と寺院である。彼らは敵だ。あまりにも巨大で、数でも圧倒されている。

「全てを滅ぼすんだ。きよ、濤……」

この戦いで命を落とした仲間たちと、自分のために命を差し出した少女のことを思い出す。この七年の間に、いつも二人の少女のことが心にあった。どちらも苛酷《かこく》な運命を背負い、戦い、そして殉《じゅん》じていった。

一日生き延びるたび、彼女たちのものでもある戦いを続けられることを喜ぼうと努めていた。

四

四月に入って、江戸城内は騒然となっていた。

家光の命は、いよいよ尽きようとしていた。前年から体調を崩していたが、最後に手足の自由がきかなくなった。

「わしもいよいよか」

その枕元には、大老の酒井忠勝《さかいただかつ》、老中松平信綱、阿部忠秋、御側衆の堀田正盛《ほったまさもり》、中根正盛らが沈痛な表情を浮かべて座っている。もちろん、次に将軍となるべく運命づけられている、竹千代も涙をこらえて控えていた。

「気弱なことをおっしゃいますな」

あえて荒々しく叱ったのは、酒井忠勝であった。将軍よりも十七年上で、若く気が荒く、そして繊細な家光を近くで支え、励ましてきたのが彼であった。家光は長じるとこの傅役《もりやく》が少々煙たくなり、大老格を与えて遠ざけたこともあった。

「最期まで、お前には苦労をかけるな」

「臣が主君のために粉骨砕身、全てを捧げてお仕え申し上げるのは当然のことでございます。ここに居並ぶ者ども全て、その覚悟でやってまいりました。この中でも上さまはまだお若《わこ》うございますぞ。我ら年寄りを置いて先に逝《ゆ》かれるおつもりですか」

家光は微かに笑みを浮かべた。笑顔が片頬でひきつっている。

「天下の頂にいても、中風一つにも勝てぬ。みじめなものだ」

「上さまは無数の勝利を得てこられました」

「気になることはいくらもある」

「でしたら、一日も早く病を癒し、これまでと変わらず我らにご下命くだされ」

「とことんうるさい奴だのう」

家光は閉じようとする瞼を指で押さえ、身を起こそうとする。

「神君から、祖父から受け継いだこの泰平を、崩すわけにはいかぬ」

最後の気魄《きはく》が家光の体から吹き上がっていた。それまで黙っていた信綱がすっと近寄ってその体を支える。他の重臣たちもそれに続いた。

「そうだ。この天下はお前たちがこのように手を取り合って支え……」

それが家光の最期の言葉であった。

しばらくの間、誰も口を開かなかった。幕府は未曾有《みぞう》の時代に入る。これまで、徳川家の当主は、次の天下人が十分に育ってから世を去った。だが、次に将軍となる少年は、まだ十一歳なのである。

「竹千代さま」

信綱がまず口を開いた。

「上さまにお別れを。僧侶を呼べば、もう上さまは仏となる道へとお行きなさいます」

竹千代は一歩進み、重鎮たちを見回した。この一年ほど、儀礼の席などは家光の名代として立派に務め上げている。線は細いが強い瞳を持った次の将軍は、

「者ども、これより先は戦と心得よ」

凛《りん》とした声で言い放った。

信綱は瞠目《どうもく》し、家光の体を横たえると平伏した。

「戦と心得よとのお言葉、確かに承りました。各々がた、諸侯に使いを送り明日すぐさま評定を開くといたしましょう」

老中たちは立ち上がり、それぞれが果たすべき務めへと向かっていった。

正雪と金井半兵衛、そして数人の弟子が西へと向かって旅だった。江戸の弟子たちには、紀州公からのお召しがあった、と告げてあった。

「これを」

出立の前夜、寅太郎を呼んだ正雪は小さな杯をその前に置いた。

「聖杯……」

「お前たちに返そう。これは天草四郎に同心する者が使って、初めて本来の〝集める力〟を発揮するのだろう」

家光が世を去ってから三か月が経ち、天下は将軍の死を受けても一見平穏であるように見えた。四代将軍となった竹千代あらため、徳川家綱《いえつな》の下には家光の遺臣たちが結束し、天下に乱れがないよう目を光らせている。

もちろん、「こぼれた者」たちに対する監視は厳格を極めた。山や海の民を束ねる者は、自らの集団から怪しいと目を付けられる者が出ないよう、引き締めるのに懸命であった。

だが江戸では、正雪の企てが着々と進みつつあった。江戸を任されているのは、金井半兵衛と共に双璧と称される丸橋忠弥であった。半兵衛が謀の相談をあずかっているのに対して、忠弥は武の象徴である。

彼の宝蔵院《ほうぞういん》流の槍は天下に敵なしと称され、実際の勝負で彼が敗れることはなかった。千人を超える門弟を抱え、さらに弟子入りを願う者が跡を絶たない。

ただ、忠弥は貧しかった。彼の使う十文字槍は父から与えられたとされる。

「いよいよ、父の無念を晴らす時が来た」

道場での忠弥の言葉に、一同は緊張を面に表した。彼の父は大坂の陣で散った四国の雄、長宗我部盛親《ちょうそかべもりちか》とされている。表向きにはそれを隠していたが、心を許した者には話していた。

盛親には最上《もがみ》家の家臣、丸橋曲《まがる》流を父に持つ妾、藤枝《ふじえ》がいた。彼女は盛親との間に二人の男児を生《な》したが、大坂の陣の後の詮議を恐れて、盛親の子であることを隠して丸橋家に戻った。

その二人の男児のうち、下の子が忠弥である。彼は宝蔵院流の槍だけでなく、日置《へき》流の弓にも通じ、北条《ほうじょう》流の軍学を修めていた。甲州《こうしゅう》流の流れをくむこの軍学は優れたものであったが、忠弥は満足していなかった。天下が治まってから整った流派だけに、精神修養が主となっていたからであった。

軍学は戦のためのものである。

そう信じていた忠弥の前に現れたのが、正雪であった。そもそも軍学は天地の理《ことわり》を見て人の心の動きを操り、勝利を得るものである。勝利を得るために心を鍛えることはあっても、その逆があってはならない。

その考えは、忠弥のそれと合致した。そして博学で大将の気配を漂わせた正雪に、忠弥は心酔したのであった。

彼は山形藩の丸橋家では厄介者であった。

丸橋の姓を名乗ることは許されたものの、大坂の陣で勇名を馳《は》せた将の血を引いていることは、最上の地では決して口外してはならない秘密だった。

忠弥は行き場のない力とやり場のない怒りのはけ口を求めて江戸に来ていた。

彼は「こぼれた者」たちの気持ちが、痛いほどに理解できたのだ。

「正雪さまは大丈夫でしょうか」

一人が心配そうに訊ねると、

「何、心配はいらんよ」

本郷《ほんごう》にある宝蔵院流槍の道場では、丸橋忠弥が豪快に笑った。暦《こよみ》は七月十三日となっていた。七月末をめどに江戸で蜂起し、江戸を混乱の中に叩き落としている間に、西から天皇の綸旨と紀州公頼宣を擁《よう》した大軍が東上してくる手筈になっていた。

広い道場には、丸橋忠弥と奥村八左衛門《おくむらはちざえもん》、林知古《はやしちこ》そして道場の高弟たちが居並んでいる。彼らは既に、忠弥と血盟を交わし、天下を覆す挙を誓った者たちばかりである。

奥村八左衛門は兄の権之丞《ごんのじょう》が松平信綱に仕えている。次男坊ということで、家《か》督《とく》を継がせてもらえるあては既になく、今をときめく老中に仕えている兄に対して、激しい嫉妬《しっと》を抱いていた。

「あのお方には、この国の山河がついている」

「よくそれを仰いますな」

八左衛門は首を傾げた。

「公儀は山河に生かされていることを忘れ、山河を守ってきた者たちを虐げてきたからな。罰を受けるのは当然のことだ」

「山河に隠れる同志が無数にいる、ということですな」

「戦う力を持っているのは、何も両刀を差している者だけではないよ。公儀に対して怒り、絶望している者なら、誰もが我らの同志だ」

男たちは力を得たように頷き合う。

「策を述べる」

忠弥が重々しく言うと、一同は居住まいを正した。

「我らはまず、備前《びぜん》岡山藩主、池田少将《いけだしょうしょう》さまの旗印を掲げた一同を率いて、城へと向かう。別の一隊を二手に分け、奉行所を制圧する」

八左衛門が数人に命じると、庭に高張提灯《たかはりぢょうちん》が並べられた。提灯には備前池田家の定紋である揚羽蝶《あげはちょう》が描かれ、提灯を外すとそこは仕込み槍になっていた。

「江戸で不逞《ふてい》浪人が騒擾《そうじょう》に及び、上さまの警護をいたすという口実で城の奥深くへと進む。将軍の身を確保して城を固め、江戸城下の浪人たちへ触れを出す」

そうしている間に、西から正雪が紀州公と関西の浪人たちを率いて戻ってくる、という戦略だった。

「我らは浪人でなく、天下の侍になる」

その言葉に、多くの浪人で占められている門弟たちの中には目頭を押さえる者もいた。

「江戸城内に入れば激しい戦いが予想されよう。その際に何よりも恐るべきなのは、銃砲の類である」

そう言って寅太郎を見た。

「この者たちが燃やし尽くしてくれる手筈となっている」

「彼らは……由井先生のところにいた下男ではないか」

「そうだ。彼らは切支丹だ」

忠弥の言葉に、一同は言葉を失った。

「まだ残っていたのか……」

と囁《ささや》き合っている。

「彼らを仲間にするのですか」

一人が嫌悪感をあらわにして言った。

「承服できぬか」

「そういうわけではありませんが……。彼らは異教の徒で天下の敵では」

「お前は切支丹の何かを学んだことがあるのか。どのような人間が伝え、信じ、どのように広まってきたのか。それを知った上で、彼らを天下の敵と言うのだな」

口を開いた男は忠弥の面に浮かんだ怒りに怯む。

「それは……」

「そなたも大切な仲間だ。怒りに任せて斬り捨てたりはせぬ。怒りに身を任せるのは愚か者のすることだ。もう一つ、愚かな行いがある。己の耳目で確かめず、よく考えもせず、風説だけで物事を断ずることだ」

忠弥の大きな体が一段膨らんだように見えた。

「島原の切支丹が兵を挙げた理由は、我らと変わらぬ。行き場をなくし、絶望し、祈ることすらも許されない。仕える家もなく、行き場を奪われ、希望を抱くことも許されぬ我々と何の違いがある。それに」

忠弥はぐっと一同を見据えた。

「島原はここにいる誰も味わったことのない実戦の場であった。特に城方は、そのほとんどが討ち死にを遂げている。その中血路を開いて生き延びた彼ら以上の勇士がここにいるなら、名乗り出てもらいたい」

その言葉に皆唸るほかない。

「これはもちろん、由井先生も同じ考えである。同心できぬ者は仕方ない。この挙からは抜けてもらう」

切支丹に疑念を表した浪人は、寅太郎たちに向かって詫びた。

「失礼つかまつった。これよりは手を携《たずさ》え、新たな天下のためにお力をお貸し願いたい」

寅太郎と荘介は黙って立ち上がり、忠弥の道場を後にした。

五

七月の末日が、決行の日に決まっていた。主だった者が西へと旅立った張孔堂には訪れる者もなく、しんと静まり返っている。だが、数人ずつ、門弟たちがやってきてそのまま帰らずに学堂内で夜を過ごしていた。

百畳敷きの大講堂には、甲冑や刀槍、そしてごく少数ではあるが鉄砲も用意されている。鉄砲を扱うのは老いた浪人衆で、もとは真田源次郎《げんじろう》信繁の配下で、大坂を戦ったという者たちがいた。

「ようやく死に場所を見つけましたわい。これでわしらは武人として誇り高く戦い、死んでいける」

荘介にそう話す表情はすがすがしい。

「死ぬのではなく、新たな天下を摑むのだ」

時に張孔堂を訪れた忠弥が、明るく言って励ましていった。だが寅太郎は、忠弥の表情が冴えないことに気付いていた。

荘介は太刀の手入れに余念がなく、気持ちを静めている様子が見て取れる。

「丸橋どのの様子がおかしい？」

太刀を収め、荘介は言った。

「心が揺らいでいる様子は見えないが」

「気になることがあるんだ。最近、張孔堂ではあまり見かけない浪人や商人が丸橋忠弥の道場に出入りしている」

「それは道場だから色んな人間が出入りするだろう。弟子ばかりが訪れるわけではないよ」

今日も忠弥は張孔堂を訪れた後、隊士たちから必要なものを聞き取っては左右の者に帳面に書き留めさせていた。ただ、あれはまだか、これがない、と要望が引きも切らない。

「戦の前は確かに慌ただしく物が足りぬものだが……」

荘介も異変に気付いた。

「確かに物が無さ過ぎるな。江戸での軍資金は丸橋どのに任されていたのか」

「どうだろう……」

天下を動かす戦をしようというのだから、莫大な物資が必要だ。四郎たちが蜂起する際も、有馬家で大きな戦を経験した者たちが入念に準備をした。もちろん、兵站《へいたん》についても手配をしたがそれでも足りず、最終的には島原城から奪おうという策になっていた。

張孔堂には、かなりの量の兵糧や弓矢が蓄えられていたが、それでも数百人規模のものである。

「どうやら、大きな戦をするのは西で、ということのようだな」

これまで地下の蔵に蓄えられた数万両の金も、なくなっていた。

「船で運んだな」

ほぼ空になった蔵を見て、荘介はため息をついた。

「紀州には熊野水軍がいたし、今でも鯨船が何百隻といる。廻船に紛れさせて江戸近くまで来させ、金を西に運ぶこともできるだろう」

「忠弥は金が足りないんじゃないかな」

「金がなくて困る丸橋どのではないぞ」

荘介は憤然として言った。

「彼ではなく、周りの気持ちがもたない。志だけで飢えや貧しさに耐えるには限度がある。四郎さまへの忠誠を誓った籠城軍ですら、ついに一人の裏切り者を出すに至ったのだから」

寅太郎の言葉に、荘介は頷く。当時副将格として原城にいた南蛮絵師の山田《やまだ》右衛門作《えもさく》は幕府との交渉役を任されていたが、最後は切支丹を裏切った。公には彼が原城唯一の生き残りとされている。

寅太郎は〝種〟から根を伸ばし、忠弥の様子を探ると共に、張孔堂の異変を監視することにした。忠弥は方々に使いを出し、自らが股肱《ここう》と恃《たの》む者たちと蜂起の打ち合わせに余念がない。

そして夜に入り、道場から人の姿が消えると、代わって二人の男が門を叩いた。一人は着流しで、一人は商人風の小袖姿である。

「丸橋先生、夜分遅くすみませんね」

腰は低いが、どこか険のある口調である。忠弥はただ頷いただけで、中へ招じ入れる。客間には小さく灯がともされているが、客に茶を出すわけでもない。ただ不機嫌な様子で、双方が向き合っている。

あまりに小声で話しているので、寅太郎の伸ばした根でも聞き取りづらかった。だが、彼らが金の話をしているのはわかった。

「無心の相談をしている……」

「無心？」

「どうやら、丸橋忠弥がこの二人……藤四郎《とうしろう》という男と……浪人の方は田代又左衛門《たしろまたざえもん》という名のようだ」

忠弥は二人に金を融通してくれるように頼んでいたが、渋られていた。これまでも多くの借財があり、まずは返済してもらえないとこれ以上貸し付けはできない、と二人は異口同音に言った。

「返していただけないのであれば、奉行所に訴え出るしかありませんな」

二人が立ち上がる気配がしたが、その時、忠弥が声を荒らげた。びくりとなったが、貸主も強気で、

「何かご存念でも」

と言い返す。

「いや、お二人がそう言うのはもっともだ」

忠弥の声には珍しく焦りが表れていた。

「だが、返すあてはある。それだけではない。十倍、いや百倍にして返すこともできる。二人は天下を一新する快挙に手を貸した大功臣として青史に名を残せるのだ」

「天下を一新……」

「あなた方は俺に金を貸してくれ。それだけでこぼれる者のない天下を創り出すことができる」

藤四郎と又左衛門は顔を見合わせた。しばらく黙っていたが、

「そのような壮挙に我らをお加えいただくとは、欣快《きんかい》至極にござる」

浪人の方が頭を下げる。

「いやいや、しばらく待ってもらえれば、全てはうまくいく」

忠弥が安堵の声を発すると、二人はさも納得したような表情で、道場を出ていった。

「荘介さん」

一度意識を張孔堂に戻す。

「どうだ」

「金貸しは帰ったみたいだけど、どうにも怪しいんだ。大事を打ち明けられたと

いう割には驚いていない」

「既に志を同じくした、というわけではなさそうだな」

「納得したふりをして、そのままにしてるかな」

「……密告するだろうな。始末するしかない」

刀を腰に差し、荘介は立ち上がる。今、訴え出られては困るのである。日数から考えて、正雪はまだ駿河あたりを歩いているはずだ。寅太郎も根を呼び戻そうとしてはっと動きを止めた。

「どうした」

それは、久方ぶりに感じる強敵の気配であった。あれから七年経ったのに、若々しいたたずまいは変わっていない。ただその剣気は一変していた。

「何だこれは……」

寅太郎は思わず呻いた。それは若き侍には似つかわしくないほどに暗く、そして強い何かをまとっていた。寅太郎は根を切り離し、〝種〟を手の内に呼び戻した。

「寅、真っ青だぞ。何を見たんだ」

「あいつがいた。闇羅衆の、佐橋市正だ」

「江戸にいたのだな……。こちらに気付いていたか」

根と〝種〟を切り離すと、根は間もなく消える。〝種〟と根が繋がっている限り、寅太郎には周囲の様子がわかる。市正は丸橋忠弥の道場を見ていた。そして最後の一瞬、こちらを見たような気がしていた。

「そうか……」

荘介は唸った。

「それでも、密告者を斬って丸橋どのに伝えねばならん」

「今、ぼくたちが出ていくべきじゃない」

「違う。今こそ俺たちが戦うべき時だ」

「まだぼくらは、聖遺物の力を使いこなすあの侍と戦うべきじゃない」

「では寅は、このまま由井正雪の企てが失敗に終わってもいいというのか」

「そうじゃない。ぼくたちの宿願が叶《かな》わないようなことがあれば、四郎さまにもでうすにも顔向けできない」

荘介はくちびるを噛んだ。腰に差した刀を抜き、腰を下ろす。だがやはり、立ち上がった。

「すまん、寅。俺は行く。でうすの世を、神の国を創るには彼らの力が必要だ」

寅太郎が止めようとしても、荘介は答えず張孔堂の門へと向かっていった。仕方なく、寅太郎もその後に続く。

「荘介さん」

「止めないでくれ」

「ぼくが佐橋市正を止めるから、なるべく気付かれないように道場へ入って」

「わかった。……すまない」

闇の中を走り抜け、本郷の忠弥の道場へと向かう。だがその半町ほど先で二人は足を止めた。忠弥の道場の方が異様に明るい。それは高張提灯の光だった。

「あれは……」

蜂起の際に備前池田家の家紋を入れた提灯を掲げることは、軍議の際に決められていた。だがその提灯には、御用、と記されている。

「奉行所の連中が……」

走り出そうとする荘介を、寅太郎は止めた。

「だめだよ。もう間に合わない！」

「しかし！」

「先ほどの金貸しも怪しいけど、それにしては奉行所の動きが早すぎる。内通していた奴が他にもいるんだ」

「由井正雪には……」

「恐らく手が回っている」

荘介の顔が怒りに歪んだ。

「あの奉行所の連中を全滅させて、すぐさま浪人を集めて城を襲おう」

「荘介さん！」

寅太郎は一喝した。

「奉行所があぁして動いているのに、城が備えてないとでも思ってるの？　もはや張孔堂にも戻れない。江戸の周囲が完全に閉ざされる前に、町を出よう」

「……出てどうする」

「北へ向かおう。奥州《おうしゅう》から蝦夷地《えぞち》まで出ることができれば、人目も少ないはずだ」

だが、頷いた荘介の前に、一つの影が立ちふさがった。

六

涼やかな長身の、まだ若さの残る侍が立っている。

「生きていたか」

どこか嬉しさを伴った声で市正は言った。

「やはり俺の感じていたことは間違ってはいなかった。この近辺、そして牛込の辺りを歩くと、何かを感じるのだ。ここに切支丹がいる。俺に授けられた力がそう教えてくれる」

気配はほぼ完全に消していたはずなのに、やはり気付かれていた。

「七年、長かったぞ」

「閻羅衆の執念も大したものだな」

荘介が柄に手を掛ける。

「もう閻羅衆はない。他の切支丹は滅んだ。この七年、お前たちを捜して天下を回った。ついでに、教えを捨てない切支丹を見つけ出してきた」

どれほどの人を斬ったのか、顔の形は変わっていないが、その眉間《みけん》には暗い陰が漂っていた。

「務めを果たすほど、お前たちに会いたいという思いが高まっていった」

声は確かに市正だが、やはり異なる存在がそこに立っていた。

「お前たちを倒せば、俺の務めは終わる」

市正が刀を抜いた。その肩の上に、白く禍々《まがまが》しい光を放つ何かが浮かび上がった。

「聖釘……」

寅太郎も〝種〟を呼び出す。それは一つ、二つと数を増していく。

「ただ寝ていただけではなさそうだな」

種が根を張り、刀豆《なたまめ》の芽を伸ばすまで一瞬であった。市正の四方に緑の壁ができていくが、太刀と脇差が激しく閃き、その壁を切り裂いていく。

「切支丹ども、ここから先は行かせない」

市正が不意に刀を収めた。

「寅、やはり俺は丸橋どのに危急を告げてくる」

寅太郎が頷いている間にも、刀豆の茎《くき》と葉は市正を覆っていく。荘介が町屋の屋根に跳躍し、一散に道場へ向けて走るのが見えた。

「唵《おん》！」

ぞわり、と全身の毛穴が開いた。緑の壁を通して寅太郎に伝わったのは、熱さであった。すぐさま刀豆と種を切り離す。その直後、緑の壁は一瞬にして炎上し、灰へと変わってしまった。

「な……」

「こちらも、七年の間寝ていたわけではない」

市正は、どこか懐かしい、見覚えのある〝雷《いかずち》〟をその刀に宿していた。それは、かつて仲間の聖騎士であった雷蔵《らいぞう》が宿していた力であり、元は四郎が授かったてうすの力であった。その雷蔵は南部隠との戦いで命を落としたはずなのだが。

雷はそのまま、屋根の上を走る荘介へと迫った。

「荘介さん！」

寅太郎の声に弾けるように跳んだ荘介は、雷の蛇をすんでのところでかわす。

「公儀の犬のくせに、江戸を焼くつもりか」

荘介は雷の蛇に追われたまま、市正へと逆に肉薄した。がつ、と太刀がぶつかり合い、荘介の動きが止まる。雷の蛇がその首もとに嚙みつこうとした刹那、横へと跳んでやり過ごした。

雷が市正を包み燃え上がる。

「己の出した雷で焼かれろ」

荘介は再び道場へと走ろうとしたが、その前には火だるまになった市正が立ち塞がった。雷はやがて蛇の形となり、市正の体に巻きついている。だがその衣も、髪の毛一本燃えていない。

「天海の術か」

「師は自らの命を捧げ、多くのことを授けてくれた。お前たちの主、天草四郎がそうしたようにな」

「一緒にするな」

寅太郎は再び〝種〟を呼び出す。

「いくら草木を生やしたところでむだだ」

〝種〟と共に、木人の戦士が地中から現れる。雷の蛇は木人を焼きはらおうとするが、黒焦げになっても木人は崩れない。それどころか、太刀を受け止めて撥ね返すほどの堅さを見せた。

「姥目樫《うばめがし》に力を与えている。そうそう燃えないし、斬り割れるものではないよ」

「面白い」

市正は雷の蛇を消し、刀を抜いた。荘介が道場へと走ったのを見て、寅太郎は攻勢を強める。

「丸橋忠弥に捕り手が迫っていることを教えようというのだろう？」

市正は堅き炭となった木人と斬り結びながら、寅太郎に問う。

「わかっているかもしれないが、もはや手遅れだ。内通している者は何人もいる。ご老中は既に備えを固めているぞ。ただ、誤算だったのは……」

二本の釘が荘介の動きを縫いつけて止めた。聖釘は、敵に刺さり、動きを封じる力を持っている。

「お前たちがいたことだ。浪人と切支丹。確かに手を結べば厄介だとは思っていたが、由井正雪に切支丹との接点はなかった。まさか、お前たちを匿っているとはな。使えるものは何でも使おうというのは抜け目がないが、その正雪も今頃駿府でお縄を頂戴していることだろう」

市正は以前より口数が多くなったと寅太郎は感じていた。そして話しぶりに聞き覚えがあった。

「天海に乗っ取られているのか」

「どうとでも言え」

 市正は寅太郎の動きを制しつつ、脇差を荘介へと投げた。ただ、投げたのではない。雷の蛇が巻きつき、動きを止められた荘介の体を貫く勢いであった。

その時、脇差を何かが叩き落とした。

「全員、生きていたか」

雷の蛇と対峙《たいじ》しているのは、一筋の光であった。四郎の遺した聖遺物の一つが放つ力がそこにあった。

「奴らも、ただ七年の時を過ごしていたわけではなさそうだな」

しかし、槍を手挟《たばさ》んでいるのは、佐七でもまりあでもない。人形のお雪がすっきりとした女武者姿で立っていた。

「人形か……。操っている者たちは、出てこないのだな。傀儡《くぐつ》に用はない。疾《と》く出てきて首を捧げよ」

市正の呼び掛けに応えるのは、お雪の槍のみである。寅太郎はすぐさま〝種〟を発して、市正の足もとへとこぶ根を這わせる。わずか一瞬だが、市正の踏み込みが乱れた。

そこへお雪は突き込んでいく。

娘人形の表情は一切変わることがない。しかしその槍先に漲る殺気は、歴戦の武将に匹敵する激しさがあった。

「寅、ここは下がりましょう」

寅太郎の傍《かたわ》らに姿を現したのは、佐七だった。

「まだ私たちの勝敗を決する時ではない」

「……わかった」

荘介の体は釘に縫い付けられている。だが、その釘へとしなやかに飛ぶ二つの手があった。釘がゆっくりと抜けていく。

「早く戻れ！」

まりあの一喝に荘介は口惜しげな表情を浮かべたが、道場に背を向けて寅太郎たちの方へと駆けてくる。

「まとめて始末するいい機会だ」

ゆったりとした歩調で近付いてくる市正に、四人は対峙していた。逃げようとするのだが、それを許さぬ、巨大な魔神の手で握り潰してくるような圧力であった。

「俺が殿《しんがり》を務める」

荘介が前に出た。

「一人では無理だよ」

寅太郎も残ろうとしたが、荘介は優しい笑みをわずかに浮かべて首を振った。

「一人が残らねば、あの化け物を止めることはできない」

市正の体からは異様なほどの剣気が立ち上っている。それは人を超えていた。山の鬼であった銀二や、海の巫女であった濤に似ているとも言えたが、断じて同じではないと寅太郎は感じていた。

「寅、俺はな、やはり侍なのだ」

荘介が太刀を抜いた。

「でうすの教えはもちろん大切だが、浪人が苦しんだ末に兵を起こそうというのであれば、うまくいって欲しいんだよ」

だから、と荘介は一気に間合いを詰めていく。

「俺はあいつを倒し、奉行所の連中を排して丸橋どのを助ける。でうすの教えを戴くのであれば、こぼれし者と手を取り合わねばならんのだ！」

市正は太刀を片手で握っている。

「行くぞ！」

佐七の叱責するような声に、寅太郎とまりあは走り出した。

七

慶安の変と呼ばれる一件は、幕閣を震撼《しんかん》させた。しかし、そこまでであった。正雪は駿河で捕り手に囲まれて自害。江戸の丸橋忠弥も捕り手に囲まれて奮戦したものの、あえなく捕えられ、刑死した。

「裏切ったのは、身近にいた者たちだそうだ」

忠弥の道場を捕り手が包囲するかなり前に、松平信綱をはじめとする幕府の首脳は正雪の動きを摑んでいた。正雪の側近であった奥村八左衛門が兄の説得を受け入れてしまい、正雪の企みを全て話してしまったのである。

事が重大なだけに、信綱の動きは慎重を極めた。正雪は諸侯から支持を受けていることは有名であったし、そもそも信綱の側近の弟である奥村八左衛門が高弟として知られていた。

さらに、正雪が紀州公と親しいことが、信綱をはじめ幕閣を慎重にさせていた。この挙に頼宣が関わっているかいないかで、天下騒乱の大小が変わる。

「どうやら、紀州公は薄々この挙を知っていたらしい」

松平信綱、阿部忠秋、酒井忠勝ら老中衆は慎重に話し合いを重ねた末に、そう結論付けた。だが、御三家の当主を逆臣として罰するのは、乱の首魁《しゅかい》を捕えることよりもさらに熟考を重ねるべき事柄であった。

「まずは事情をうかがうべきであろう」

忠勝の言葉に、信綱も頷いた。

「紀伊大納言さまには城にお留まりいただく。全ては天下が第一でござる」

頼宣の応対によっては、断固たる処置もとる、と覚悟を決めたのである。正雪が自刃したのと前後して、御三家と老中衆が本丸御殿御用部屋に揃った。顔ぶれは老中衆と尾張の徳川光友《みつとも》、水戸《みと》の徳川頼房《よりふさ》である。

その場では、正雪が紀伊大納言の書付と称して浪人たちを集めるために使われていた書状が披露された。それを見ても、誰も言葉を発しなかった。

「紀伊大納言さまのご様子はどうか」

忠勝が近侍に訊ねた。

次の間で待っている頼宣は、切所に置かれているといってよかった。部屋の前には腕利きの剣士が控え、その周囲には御庭番衆十数人が不測の事態に備えている。

「静かにお待ちです。狼狽《うろた》えられている様子もありません」

「お呼びせよ」

やがて部屋に入ってきた頼宣は、書付に目をやったが何も言わず腰を下ろした。忠勝はその様子をじっと見つめた後、

「このような偽りの書付は天下のためになりません」

と火鉢の中にほうり込んでしまった。書付は燃え上がり、すぐに灰となった。

頼宣は煙をしばらく見つめていたが、

「この疑い、私にかけられて良かった」

磊落《らいらく》に言い放った。

「と、申しますと？」

信綱は太刀のように鋭い眼光を紀州公に向けていた。

「もし外様のいずれかがこのような疑いをかけられていれば、すなわち騒乱の一因となるであろう。しかし私は徳川家の一翼を担う者である。反逆などあり得ぬ者の名を使ったところで、意味がないのだ」

と笑い飛ばしてみせた。

「全くですな」

信綱と忠秋がそれに同調し、頼宣への尋問《じんもん》は終わった。だが、幕閣は彼への疑いを完全に解いたわけではない。それから十年、頼宣は紀州へ帰ることを禁じられたのである。

その後、老中衆の間では浪人の扱いについて激しい議論になった。

「災いの源は絶たねばならん」

切支丹との戦いで最前線に立った信綱は、江戸から浪人を追放するべきだと主張し、保科正之《ほしなまさゆき》がそれに同調した。だがそれに阿部忠秋と井伊直孝《いいなおたか》が激しく反発した。

「伊豆守ほどの方が料簡《りようけん》の狭いことを仰る。島原での戦と此度のことは違う」

忠秋は、浪人が求めているのは仕官の先であって、邪教の神を認めよという切支丹と混同してはならない、と述べた。

「仲間にも切支丹がいた形跡は見られませぬ。もし江戸から浪人を追い出したところで、他所でも住まうことはできぬよう触れが出されている。追い詰められた彼らは本当に牙を剝きますぞ。真に絶望した者たちの恐ろしさ、伊豆守どのが一番ご存じのはず」

結局、正雪の企てをきっかけとするように、浪人たちも五人組、十人組の承認がなくても奉行所に一札入れるのみで住めるよう、禁制も緩められた。

浪人を新たに生まぬよう、末期養子の禁が緩められ、跡継ぎがいないことで改易される大名家が激減した。江戸でも公にではないが、浪人たちの仕官を助ける諸士が現れた。

浪人への締め付けは以前よりは緩み、はからずも正雪の志はいくばくか果たされた形となったのである。

八

板橋《いたばし》宿のまりあの隠れ家に逃げ延びた寅太郎は、さすがに落胆を隠せなかった。佐七とまりあは七年前の別れの後、仙台で身を潜めていたという。

「あそこの姫君は、私の上客でしてね」

彼女は切支丹であった。そして、佐七にほのかな思いを寄せていた。

「三年ほど人形師の夫婦として、暮らしていたのですが、ついに江戸から隠密が調べに来たんですよ。それで仙台にはいられず、江戸へと戻ってきたのです」

まりあは無表情に聞いている。それから二人は、板橋宿の岡場所に身を潜めたという。遊郭の近くに身を潜め、身寄りのいない悪徳遣《や》り手を殺して成りすまし、日々を過ごしていたのだそうだ。

「江戸にいたんだね」

「由井正雪の張孔堂のことは遊郭に来る侍たちの間でも話題になっていた。話を聞いているうちに、挙兵が近いだろうと注意を払っていたのだ」

計画はまりあたちにも伝わっていたという。

「どうして張孔堂に来てくれなかったんだ」

「遊郭はあらゆる言葉の掃《は》き溜めだ」

まりあは言う。

「女の柔肌《やわはだ》に向けて、男たちは欲と鬱憤と、そして願いを吐き出していく。遣り手に成りすました私の耳には全てが入ってきた。粗忽者《そこつもの》がいることもな」

危険を感じたまりあたちは、外から様子をうかがうのみに止めていたという。

そして客だった北町奉行所同心の情報から、忠弥の道場へ踏み込む日時を摑んだのであった。

「岡場所は身元があやふやでもかろうじて身を潜めることができる場所だ。機会が来るまでいるといい」

寅太郎は頷くが、荘介が死んだことを、まだ受け入れられずにいた。

「荘介さんが帰ってこない」

落ち合う場所は龍寶寺ということになっていた。しかし、夜が明けても、数日経っても荘介が戻ってくる気配はなかった。変装を得意とするまりあが、ごくありふれた商家の隠居に変装し、町の様子を探っている。

「由井正雪もさらし首になっていたよ」

寅太郎は天を仰いだ。

「だが、荘介の首はなかった」

「無事なのでしょうか」

お雪の衣のほつれを繕《つくろ》ってやっていた佐七がぽつりと言った。

「斬られているかもしれないが、そうならそうで、我らはやるべきことをやるだけだ」

まりあの横顔は変わらず美しいが、わずかに髪に白いものが混じっていた。

「あっけないものですね」

佐七はお雪の衣を整えると、人形はくるりと回ってお辞儀をしてみせた。

公儀は八左衛門をそのまま正雪のもとへと出入りさせ、同じく正雪の側近の一人である林知古を説かせた。彼は、金井半兵衛がひいきされていると感じ、不満を抱いていた。

「忠弥の周囲からも、密告が相次いだらしい」

加えて、金貸したちの訴えは信綱の疑念を裏付けることになった。まりあは市中に出回っている噂を拾い集めていた。

「由井正雪は生きて捕えよ」

信綱をはじめ老中衆は沿道の各藩に厳命した。もちろん、江戸からも甲賀隠密の主力が駿府へ急行した。

「正雪は紀伊大納言の招きということで関所も楽々越えていたらしいが、駿府の梅《うめ》やという宿屋に入ったところで囲まれたようだ」

建物に籠られては面倒、ということで駿府町奉行は正雪を誘いだそうとしたが、それが結局、正雪に挙の失敗を教えたという。

「紀州公も力になってくれぬことを悟った正雪は、斬り死にしようとはやる周囲を抑え、ここで力戦して数十人斬ったところで、悲しき家族を増やすだけだとたしなめて腹を切った」

境内では秋の虫が鳴いている。荘介はついに、帰ってこなかった。寅太郎の中でも、やはり仲間を手広く集めて大きく事を起こすのは下策だ、との思いが強くなりつつあった。

最終章　決戦の城

一

板橋宿からほど近いあたりに、前野《まえの》という小さな村がある。東端を中山道《なかせんどう》がかすめ、後に練馬《ねりま》大根の名産地として知られるが、ごく鄙《ひな》びた村である。

雑木林なども多く、そこが寅太郎たちの鍛錬の場であった。

四郎の遺した聖遺物は以下の七つである。


いえすの頭上に捧げられた荊冠。

蛇の紋様と共にその肉体を貫いた聖槍。

爪や髪が蔵されていると伝えられる小さな聖櫃。

血を受けたとされる聖杯。

遺体を包んだとされる血染めの聖骸布。

手と足に打ち込まれ、その体を磔柱に留めさせた釘。

そして人々の罪を背負っていえすが登った十字架。

このうち、聖槍、聖骸布、そして聖杯が切支丹側に。聖櫃、聖釘、十字架が幕府側にある。

「荘介が佐橋市正に斬られたのであれば、荊冠もあちらにあると考えていいだろう」

まりあの言葉が正しいのだとすれば、聖遺物のうち四つは敵の手中にある。だが、寅太郎たちは悲観していなかった。聖槍は佐七に、聖骸布は寅太郎に力を貸しつつあった。

敵は十字架を持っていた天海のほか、佐橋市正が聖釘、そして吉岡源蔵が聖櫃の力を得ていることを、先だっての戦いで確かめている。しかし天海はもういない。

「聖遺物の力は、全て解放されつつある。決戦の時は近い」

寅太郎もそこに異論はなかった。一つだけ不安なのは、まりあに渡した聖杯が眠ったままであることだった。正雪は聖杯の力を、集める力だ、と言っていた。

聖遺物の力を一つに集め、四郎の復活を促すのだろう、と推測はできたが、まりあはその道筋を見つけられずにいる。

「焦らずいきましょう」

佐七は言った。お雪の構える聖槍は徐々に大きくなっている。佐七とお雪、そして槍との連携がうまくいき始めている証であった。同時に強まると言われている七つの聖遺物に対応した大罪も、うまく制御できている。

寅太郎は聖骸布と起居を共にしていた。普段は懐に入れ、寝る時は広げて眠る。血の痕が人形《ひとがた》についた、おぞましげな布なのに、とてつもなく心が休まるのである。

東北で戦った少年は、この布を与えられたことで、自らをいえすの生まれ変わりだと信じた。相応の奇跡も起こせるようになっていたことを思い出す。宮島でも、寅太郎の危機を救ってくれた。

庄吉とたまは無事だろうか、と日々思い出す。口外すると戦いへの決意が鈍りそうなので口にはしないが、いつも気になっていた。だが長屋に二人の姿はない、とまりあから聞いている。

「はちまき長屋も取り壊されるそうだ。新しく寺が建つとかでな」

庄吉たちどころか、かつて長屋での楽しい日々を過ごした者たちも散り散りになって、消息が知れない。

慶安の変の翌年、正雪の残党である一味が増上寺《ぞうじょうじ》を焼討しようという計画が明るみになり、江戸の市中は震撼したが、幕閣は慌てていなかった。浪人に対する政策は着実に成果を上げ、不満は収まりつつあったからだ。

寅太郎は板橋遊郭で塵拾いをしつつひっそりと働いていたが、やがてまりあの口利きで、本郷にある本妙寺《ほんみようじ》という寺の仕事を紹介された。

寺のすぐ裏手には、老中阿部忠秋の屋敷があった。将軍が代替わりしても、松平信綱は政の中心にいたが、やはりその力関係にも変化が現れていた。

「今の公儀の動きを押さえるなら、この男を見ておかなければ」

そう寅太郎たちは考えている。

とはいうものの、以前よりも動きづらいことに変わりはなかった、江戸には目明しの類がうろうろしていたし、天下くまなく「廻国者」と呼ばれる影働きが派され、諸侯だけでなく浪人や百姓たちの動きまで監視していた。

閻羅衆は動きを止めたままであったが、異様な力を身に付けた佐橋市正の消息も杳《よう》として知れない。

あれから更に六年が経った明暦《めいれき》三年（一六五七）、既に三十に近い寅太郎は、顔を隠さず寺の用事を黙々とこなしていた。美しい青年となった彼は、参詣客や寺の僧にすら言い寄られることも多いが、人に交われない病を持っていると全て断っていた。

中でも、一人の娘が寅太郎に心を奪われた。

「顔を出すのは、まずかったかもしれませんね」

佐七は板橋宿の外れにある遊郭の裏長屋で、小さな人形《にんぎよう》を作り続けている。彼の作る娘人形や神仏の人形は、とかく荒《すさ》みがちな廓の女たちの心を癒していた。人気を聞き付けて、馴染みの女に豪勢な人形を、と注文がくることもあったが、佐七は断り続けていた。

夜の前野村で聖遺物と術の鍛錬をしていると、佐七はにこりと笑って言った。この日は、まりあは来ていない。廓の寄り合いがあり、遣り手同士の会もあるという。

「まりあさんは気付いているんですか」

「だろうね」

寅太郎もその娘、梅乃《うめの》の視線に気付いていないわけではなかった。

「何者かはわかっているのですか？」

「麻布《あざぶ》の質屋の娘だ」

「ということは、お金がある、と……」

「俺たちにはいらない。金は無用のものだ」

寅太郎は冷たい口調で言った。

「必要ですよ。人を使うには金がなければならない。由井正雪だって、金に困ったから密告される破目になった」

「それは彼が金を必要としていたからだ」

「挙が成った後は金がいりますよ」

「それは俺たちの仕事じゃない。復活した四郎さまが万事導いて下さる」

佐七は肩を竦《すく》め、それ以上は言わなかった。

「ともかく、今日の鍛錬といきましょう」

佐七の前にお雪が姿を現す。緋色の鎧が星明かりの下でも鮮やかである。その手には、一丈ほどの大槍が握られていた。

「穂先に紋様が浮かんでるな」

ここ数日の槍の変化であった。

「蛇の紋様です。教えによれば、でうすの創りたもうた最初の人に原罪を与えるべく、禁断の実を食うよう唆《そそのか》したのが蛇だったといいます。いえすの肉体を貫く槍にも、悪魔の企みがこめられていたのでしょう」

しかし、でうすの恩寵はその悪しき企みをも包み込み、大いなる神の力、聖遺物として遺されたのだ、と寅太郎たちは信じている。

「真の力を取り戻すまで、あとわずかのことだろう」

お雪は大槍と共に寅太郎へと間合いを詰めてくる。槍の穂先は変幻自在、白銀の光芒《こうぼう》を放って急所を狙ってくる。

寅太郎は〝種〟を放ち、枝の槍と葉の刃でその鋭鋒を防ぐ。

身につけている聖骸布が少しずつ熱を帯び始める。戦いの中で、乾ききっているはずのいえすの血がぬるりと溶け始める。

疾走し、跳躍する寅太郎の後ろには、影がついている。影の動きは少しずつ、寅太郎とずれ始めた。

やがてお雪の前を走る影は、寅太郎と完全に分かれてお雪を挟撃する。〝種〟の力も二つに分かれ、攻防一体の動きでお雪を封じてしまった。

「ふむ……」

佐七は感心して頷いた。

「〝種〟と聖遺物の力をうまく合わせて使っていますね」

だが、寅太郎は不満げだった。

「力を出し切れていない気がする」

「まりあさんよりはましですよ」

まりあの手元には聖杯があるが、薄汚れた金の台座に象牙の杯はどのように念をかけてもまるで変化を見せない。

「他人のことはどうでもいい」

「他人って……仲間ではありませんか」

佐七はため息をついた。

「仲間だ。でも、聖杯はまりあさんが何とかするんだろ？　何か助けてくれと言うなら、助けるけど」

「寅」

佐七が声の調子を改めた。

「まりあさんは四郎さまの妻として、我らを束ねてきたんですよ。彼女なしには勝利も敗北もありえないのです。そのような言い方をするものではありません」

「まりあさんのために、仙台を去ったんだろ？　本当にあの姫に懸想していたのなら、輿《こし》入れ先の四国へついていけばよかったんだ。二人で教えを守り、二人だけの幸せを手に入れられたかもしれない」

佐七は一瞬、虚を衝かれた表情を浮かべた。

「……そうかもしれません」

佐七は否定しなかった。それには寅太郎が逆に驚いた。

「きよといちが羨《うらや》ましかったですね」

お雪は槍を収める。力を発していない時の槍は、爪楊枝《つまようじ》のように細く短い。佐七は路傍《ろぼう》の石に腰を掛け、夜空を見上げる。

「寅と荘介さんが安芸に向けて旅立った後、きよといちは二人を追いました。それは、仲間が強敵と戦うことを見こしてというよりは、その傍にいたい、あとを追いたい、という想いの方が強かったのだと思います」

寅太郎は佐七の隣に座った。佐七の膝の上にお雪が座り、同じように空を見上げる。その横顔は、誰にも似ていなくて、誰かに似ているような気がした。

「私の作る人形の顔は、全て私がもっとも愛した人に似せてあります。だからか、見る人にとっては心の中にある誰かの顔が映し出されるのです」

寅太郎には、その白い横顔が、あの薄幸の忍びの少女に見えていた。

「人形は依《よ》り代《しろ》になるといいます。命のないはずの人形が動いたように思えたり、こちらを見ているような気がしたり。それは全て、人形に対する人の心の動きでしかない」

きよは何故死ななければならなかったのか。それを最近考えることが多い。海の巫女であった濤ならまだわかる。古き神と、その神に守られた民の意を受けて、最後の戦いに挑んだのだ。では、切支丹でもなかったきよが、どうして天海と戦って死んだのか……。

「四国へ行こうか、と迷ったりもしたんですよ。まりあさんが怖くて言い出せませんでしたけどね」

「言わずに行く、というのは」

「まりあさんを一人にはできませんよ。四郎さまと出会って魂をいただいたのに、そのご恩を踏みにじるようなことはできません。私がまりあさんや寅たちを捨てて、己一人の幸せを追ったとして、天下に潜む無数の教友はどう思います？　四郎さまが遺志を預けた人々の中に、そんな下らぬ男がいたと思われたくないですよ」

冗談めかした口調で、佐七は言った。

「さあ、また明日も鍛えましょう。その日のために」

立ち上がった佐七は、星明かりの下を板橋宿の方へと戻っていった。

二

寅太郎に付け文がされることは珍しいことではない。

寺男としてひっそり暮らしているのに、男女を問わず想いを告げてくる者がいる。断ったり病のことを知ると、多くの者は引きさがる。だが、梅乃の場合は違った。何と、父親の神田屋久兵衛《かんだやきゅうべえ》がわざわざ挨拶に来たのである。

「何とか、娘の想いを聞き届けてやってくれないか」

そう頭を下げた。

「俺はこの通り、本妙寺さまに使っていただいている身。聞けば神田屋さんは麻布の大店《おおだな》のご主人と聞きます。とても娘さんと釣り合うとは思いません」

その言葉に、久兵衛はかえって驚いた。

「あなたには、私の娘と恋仲になれば私の財が手に入るという勘定《かんじょう》が働きませぬのか」

「特に……。富貴には興味がありません。梅乃さんは確かに美しいお嬢さんだと思います。しかし俺は、こうして心穏やかに日々を過ごさせていただくだけで十分なのです」

久兵衛はその言葉にかえって感じ入った。

「私は質屋を営んでおりまして……」

そこから質屋の商いについて熱く語った。

「質屋に来る客は事情も様々。多くは目先の金が欲しいために、あらゆる手管《てくだ》を尽くし、平気で偽りを並べ立てます。脅してくる者、泣き落としにかかる者、色々です。質物を預かる方は、その物にふさわしい値付けをしなければなりません」

それに必要なのは、心だと久兵衛は言う。

「目先の欲に囚《とら》われない心をお持ちのあなたは、私の娘の夫にふさわしい」

梅乃はこれから行う大事には不要な存在だ。それはわかっていた。しかしその娘は、あまりにもきよに似ていた。そして、辛い生を送ってきたきよにはない明るさが梅乃にはあった。

「あなたといると、心が光に満たされるのです」

梅乃ははにかみつつ言った。寅太郎はそっけない表情を浮かべていたが、その言葉に頷いていた。時に、使命を忘れそうになることすらあった。だが、寅太郎は決断した。やはりこの娘と共にいることはできない。

寅太郎はそこで決定的な一言を述べた。

「山の……」

その一言を聞いて、久兵衛は呆然となった。自分の親は山の民の生き残りであり、公儀からは士農工商の外に置かれた民の一人である、と述べた。

「ここのお上人さまにご縁をいただき、寺の世話をすることで功徳《くどく》を積むようにお導きを受けました」

半ばふらつきながら、久兵衛は帰っていった。その背中を見送りつつ、寅太郎はため息をついた。公儀は由井正雪の反乱に衝撃を受け、浪人たちへの政を改めた。しかし他の、山や川、そして海の民に対してはこれまでと変わらず、手の中からこぼしたままである。

だが数日後、久兵衛は青ざめた顔で駆け込んできた。

「と、寅太郎さん。梅乃が……」

何が起きたのかと訊ねると、梅乃は父から寅太郎への想いは決して実らないと言い渡され、床に臥《ふ》せってしまったのだという。

「ご主人、医者は何と」

「これといった病とはわからぬ。強いて言うなら、気の病だろう、と……」

寅太郎の顔がくすんだ。久兵衛は懸命に訴えた。

「わかりました」

行くことを承知した寅太郎であったが、一つ条件をつけた。

「俺はあくまでも本妙寺で働いている者です。勤めが終わってから、ということでもよろしいですか」

「一刻も早く来てもらいたいが、それも致し方のないこと」

夕刻、寺の門が閉まる前に迎えに来る、ということになった。だが、夕刻になっても迎えは来なかった。来ないなら来ないで構わない。

引き受けてから、目立ちそうなことをしかけていたと反省していたところだった。やがてしばらくして、奇妙な噂が流れてきた。よく参詣に来ていた神田屋の娘が、世を去ったというのである。

「本当に病だったのか……」

寅太郎は自分でもちょっと驚くほどに、動揺した。自分に恋い焦がれた挙句に床に臥せる、というのは彼には信じられないことであったが、もし本当であったとしたら、気の毒なことである。

だが、悔やみを言いに行くわけにもいかず、ただ静かに日を送っていた彼のもとに、神田屋から使いが訪れた。

「一つお納め願いたいものがございます」

そんなことを言う。手代らしきその男は、袱紗《ふくさ》に包まれたふんわりと柔らかそうな荷物を両手で捧げるようにして、寅太郎に差し出した。

「これは何でしょうか」

「主人からは、ただ寅太郎さんにお渡ししろ、と」

手代は硬い表情で、何であるかを言わずに置いていった。寅太郎は困惑したが、断る前に手代は帰ってしまっていた。

その日の仕事が終わり、包みを前にして寅太郎はため息をついた。開くかどうか迷ったが、何かの罠という気配もなかった。ゆっくりと包みを開く。開いた寅太郎は、思わず息を呑んだ。

それは、穏やかに波立つ海と、そこに浮かぶ聖なる島であった。比翼の鳥が睦《むつ》まじく空を飛び、一人の仙女がそれを見上げている。美しい振袖であった。

「きよ……」

似ている、とは思っていた。だが、この島は、寅太郎ときよが最後に出会った場所である。安芸の厳島を意匠とした振袖には、少女の想いがこもっていた。

「どういうことだ」

安芸での一件から既に十四年。あの時、自分を守るために命を落としたはずだ。きよに似た少女に、きよの想いが乗り移ったとでもいうのだろうか。

その時、胸のあたりが熱くなった。

寅太郎の懐には、聖骸布が常に入っている。この布は、でうすの力をそのままではないが移すことができるはずだ。寅太郎はまだ、それができるところまで至っていない。

懐から広げた聖骸布には、茶褐色の人形がついている。それが、鮮血のような紅へと色を変えていた。梅乃の振袖と、惹きあっている気配がする。寅太郎は急いで聖骸布を畳《たた》み、懐へとしまった。

三

江戸を破壊する。

天下の政と富が集まるこの町を灰燼《かいじん》に帰すことで、天下に再び騒乱を招き寄せる。戦国の世が再び現れ、かつてのように大名であってもでうすの教えに心を寄せる者が現れるだろう。

そこから新たにでうすの御世を創り上げていく。

それこそが、まりあの狙いである。

「雲の動きが速い」

前野村の雑木林の一隅で、まりあが言った。

「そろそろ勝負に出る」

暦は春一月も半ばに入っていた。季節の変わり目には強い風が吹く。江戸を焼き払うには、炎の力だけでは足りない。ただ、寅太郎にはまだ疑念があった。

聖骸布の力はまだ完全ではなく、四郎の聖遺物もいまだ揃ってはいない。そもそも江戸の民すべてを巻き込むのはどうなのか、という思いもあった。

「私が遣り手をしている飯盛《めしもり》宿に、佐橋市正が来た。どうやら教友の気配を感じ取ったらしく、数人の浪人を斬っていった」

「あなたは気付かれたのですか」

佐七の表情が曇った。

「気付いたそぶりを見せてはいない。しかし、気付かれたと思う」

まりあの言葉に、佐七は俯いた。

「やはり、やらねばなりませんか」

「でうすの世を創るために致し方のないことだ」

「板橋宿の人たち、皆親切でしたね」

「……何が言いたいのだ」

「いえ……」

佐七は顔を背けた。

「今さら怖気《おじ》付いたわけではないだろうな」

「怖気付いてはいませんよ。今さら何が起ころうと怖くはない。ただ、江戸を炎で包めば、多くの民も困るだろうと思っただけです」

まりあはもう、その言葉に答えなかった。

「……」

寅太郎も無言だった。

決行の時を迎えてもっと高ぶるものがあるかと思っていたが、そうではなかった。まだ迷いがある。庄吉とたまのことも気になった。

「もはや、私は聖杯の力を解き放つことができる」

「本当ですか？　それに、聖遺物を持つ佐橋市正たちの行方がわかりませんよ」

「江戸に火がつけば出てくる」

寅太郎は、この策は危ういと感じたが、しかし、佐橋市正の姿がまりあの前に現れた以上、悠長にしているわけにもいかないのだろう。

「手筈を確かめておく」

決行は一月十九日、ということになった。

「北の丸の煙硝蔵には、これまでと変わらず火薬が収められている。そこに火をつけ、勢いが増して城内に広がったのを確かめた後に、深川《ふかがわ》、浅草、神田へと火付けに回る」

「市正やもう一人の男が出てきたらどうする」

「その時こそ、四郎さま復活の好機だ」

　ここ数年は蒼白なことが多かったまりあの頬は、久しぶりに紅潮していた。

「ようやく私たちは、四郎さまの復活を目にすることができるのだ」

　そう聞くと、寅太郎の胸も躍った。この日まで二十年近く待ったのだ。もはや迷っていても仕方がない。不完全であっても、七つの聖遺物は今や力を解き放ち、四郎を迎えるのだ。

　江戸が炎上し、天下が騒然となる中で、神の子が再び降臨する。そうすれば、罪なき者たちは救われるであろう。そのことだけを考えようと試みた。

「では明後日、丑《うし》の刻に北の丸の煙硝蔵に集まることとする。誰か一人でもたどり着けば、この挙を行う。いいな」

　言い終わると、まりあの姿は消えた。佐七も表情を変えず、お雪を肩に板橋宿へと戻っていく。寅太郎は本妙寺に帰ったものの、まんじりともせず朝を迎えた。

　心が張り詰めているわけではない。怖いわけでもない。何かが引っかかっている。

　夜が明け、寺男としての仕事が始まる。寺をくまなく掃除し、庭を整え、僧侶から命じられた用があればそれをこなす。この日は早々に全て終わった。

下男小屋に置かれた不釣り合いな包みに目を落とす。神田屋の主が贈ってきた衣は、おそらく梅乃の好みで仕立てられたものなのであろう。

梅乃がきよに似ていることも、振袖の意匠が寅太郎たちに関わりのある題材であることも、偶然なのか……。

明日は天下を覆す初めの日だ。その礎《いしずえ》になるのが自分たちで、あとは四郎と彼を支えるでうすの弟子たちがこの天下を変えてくれる。

その時、自分が生きているとは思えなかった。

一月十八日の正午頃、寅太郎は神田屋の娘が眠る墓の前に、その衣を供えた。この娘がでうすの御前で光に包まれるよう、祈った。

その時である。

ごう、と激しい風が吹いた。北東からの風が土煙を伴って飛んでいく。空を見上げると、空の半ばを占める雲が音が聞こえそうなほどの勢いで、南西へと飛び去っていった。

明日、さらに風が強くなるとしたら、寅太郎たちの挙はうまく運ぶだろう。そうなれば、この辺りも炎に包まれる。振袖も焼けてしまうはずだ。寅太郎は振袖を広げ、五輪塔の形をした墓石にかけてやった。

「さよなら」

寅太郎が背を向けた直後、どん、と突風が吹いて、振袖が舞い上がった。懐の中が熱くなって、胸元を押さえる。

「聖骸布が……」

何かに応じて熱を放っている。手を入れると、ぬるりと血の感触があった。そのまま、聖骸布が懐から落ちて風に舞う。しまった、と種を落として蔓《つる》を伸ばす。聖骸布を巻き取れるという寸前でまた突風が吹く。

振袖と聖骸布が共に点になるほどに遠ざかる。追わなければ、と走りかけた寅太郎は一瞬風上に目を向けて足を止めた。

「あの煙は……」

老中阿部忠秋の屋敷がある、本妙寺の北東方向から激しい煙が上がっていた。

四

火災が起きたことは、本郷一帯を恐慌に陥《おとしい》れていた。人々がわめき、隅田《すみだ》川を渡る。寅太郎は板橋宿へと走ろうとした。

まずはまりあと佐七にこのことを報せねばならない。だが、彼の前に華やかな振袖が舞った。その振袖は、命を落とし、肉体を失った少女のためのものだったはずだ。だが、そこには振袖をまとい、恥ずかしげに顔を伏せている娘の姿があった。

「寅太郎さん、どうしてももう一度会いたくて……。生はいつか終わるもの。口惜しいことではありますが、受け入れようと決めていました。でも寅太郎さんへの想いはずっとこの世に残り続けていたのです」

見上げる瞳は潤《うる》んでいる。美しくて、思わず手を伸ばしたくなる艶《つや》に満ちていた。しかし、風と木が燃える臭いが寅太郎を正気へと戻す。

「あの振袖に、想いが残っていたというのか」

「そうです」

嬉しそうに梅乃は頷く。

「だから、寅太郎さんが持っている不思議な布と合わさって想いが形となって、こうして出てこれて本当に幸せ」

ゆっくりと梅乃は近付いてくる。両手を広げ、瞳を輝かせ、可愛らしい笑みを浮かべて近付いてきた梅乃が、不意に俯いた。

「どうして……」

その後が聞こえない。だが、裕福な質屋の娘でしかないはずの梅乃の気配が一変した。

「どうして私を置いて行ってしまったの？」

悲しく、怒りに満ちた声だ。そしてその声に、寅太郎は聞き憶えがあった。

「寅！」

吼《ほ》えるように叫ぶと、梅乃は跳躍して寅太郎に襲い掛かる。袖が閃くと、無数の苦無が光を引いて寅太郎へと迫った。竹が束となって彼の前に現れ、苦無を弾く。

「止めろ！」

寅太郎はその忍びの技に、この娘が南部隠の生き残りであることを確信していた。彼のために厳島で命を失った少女、きよである、と。

「生きていたのなら、どうして俺を襲う！」

梅乃は死んでなどいなかったのだ。そして、梅乃はきよが演じていた姿だったのだ。

「生きていたから、あなたの薄情さを知った」

きよの瞳は怒りに充血していた。

「私はあなたと一緒に戦いたかった！」

「戦ってくれたじゃないか！」

寅太郎の短刀ときよの忍び刀がぶつかり合う。

「厳島に埋められた私は、天海の力を引き継いだ男に救われた。救われたんじゃない。弄《もてあそ》ぶために、土の中から引き揚げられた」

「弄ぶ……」

「天海の魂を受け継いだ若い侍が、私に精を流し込んだ。南部隠で体を壊された私は、子を孕《はら》めない」

寅太郎はくちびるを嚙む。

「その代わり、妖人の精は、私から年を重ねることを奪い、心を縛り上げていった」

「じゃああの神田屋も……」

「公儀の隠密たちよ。あなたを籠絡して挙を起こす時を探っていた。そして、聖骸布の力を呼び起こすために、私を使った。この火を放ったのも公儀の手によるもの。最後の切支丹を滅ぼし、江戸を新たに造り替えるためにね」

「全て、罠だったのか……」

「聖遺物が力を放ち、そして一堂に会するのを待っていたのは切支丹だけじゃない。天海の任を引き継いだ侍も、聖骸布の力が引き出されるのをどういうわけか望んでいた。だから、私を遣わして、寅に怒りを抱かせて、聖骸布と同調させようとした。さあ寅、勝負はもうついたのよ。せめて私が殺してあげる」

振袖を舞わせて踏み込んでくるきよは、東北忍びならではの脚力の強さで迫ってくる。毛穴が開くような殺気から逃げることはできない。

煙が濃くなり、人々の悲鳴がさらに大きくなる中、寅太郎ときよは数十合、ぶつかり合った。最後の一合、きよが振袖をひらりと舞わせると、寅太郎の方に飛来する。

寅太郎の〝種〟から放たれる竹の槍先が、一斉に天を衝いた。

「きよ！」

寅太郎は鋭い青竹を収め、きよの体を抱き留める。

「どうして！」

明らかに自ら貫かれていた。

「良かった。好きな人のために二回も死ねるよ」

きよの表情から怒りの色が消え、あの頃の美しい顔に戻っていた。

「そんなの、嬉しくないよ……」

しばらく忘れていた感情が湧き上がる。きよの顔が曇って見えなくなるが、優しい指がその涙をぬぐった。

「あの男と戦うには、切支丹の人たちが心を合わせないとかなわない」

「わかってる。もう大丈夫なんだ」

だが、きよは首を振った。

「寅、長屋で一緒に暮らせてよかった。あんな暮らしがあるんだって。誰かを好きになるって楽しいことだって教えてくれたのは、寅だったよ……」

目の前できよの命が消えていく。公儀は切支丹を滅ぼすために、あらゆる卑怯な手を使う。だったら、もういい。そんな世に住まう人々が、幸せであるはずがない。寅太郎は最後のためらいを捨てた。

「この炎、使わせてもらうぞ」

炎は本妙寺の伽藍を舐めつつあった。寅太郎はきよの遺体を抱き上げ、燃え落ちつつある伽藍の中にそっと横たえる。

「でうすの国で会おう、きよ」

頭上で梁《はり》の燃え折れる音がする。

きよのくちびるに己のくちびるを合わせた寅太郎の表情は、鬼のそれとなっていた。振袖の上に、聖骸布が浮かび上がる。それを纏《まと》うと、寅太郎は伽藍を後にした。

五

板橋宿でも既に本郷の火事のことは話題となっていた。風向きも違い、やや遠いことからそれほど切迫した様子はない。しかし、町方が多く街路に立ち、無用な外出をやめ、流言飛語を禁じることを大声で告げている。

寅太郎が佐七の長屋を訪れると、まりあもいた。

「きよが生きていた」

二人は驚いたが、寅太郎に後を託して世を去ったと聞くと、十字を切って祈った。

「徳川の天下は今日終わる」

三人は夜更けに板橋宿を後にし、城へと向かった。寅太郎が城全体に張り巡らせた根から伝わる気配で、警備の配置は摑んでいた。

静まり返っている煙硝蔵の扉を破ろうとした時、後ろで刀を抜く音がした。

「切支丹の術の気配、独特なもんやな」

腕を組み、ゆったりと立っているのは吉岡源蔵であった。

「ここは私が」

佐七とお雪が進み出る。

「また人形が相手か」

源蔵はやれやれ、と肩を落とす。

「武人との戦いでないのは我慢するが、人形ばかりだと気が滅入るで」

「お雪は天下一の人形ですよ。誇りに思っていただかないと」

そう言いながら、寅太郎たちに、早く煙硝蔵に火を付けるよう促した。お雪の槍が源蔵の太刀を食い止めている間に、寅太郎たちは蔵の門を破る。監視していた隠密が驚いて城の奥へと駆けていった。

「気にするな」

油を撒こうとするまりあの前に、また一人の侍が立ちふさがった。

「ここに煙硝があるのを知っているとは、正雪はそこまで幕閣に食い込んでいたのだな。大したものだ」

佐橋市正が柄に手を掛けると、次の瞬間にはまりあの持っていた油壺を斬り割っていた。

「そんな無粋なことをするな。天草四郎の妻よ、お前の聖遺物を出してみよ」

まりあは市正から大きく距離をとる。

「おい、出せとは言ったが使えとは言ってはおらんぞ」

市正が後ろに手を上げると、若い侍が二人、やせ細った男女を連れてきた。それは、庄吉とたまであった。寅太郎は表情を変えず、その様子を見ている。

「ふむ……」

市正はその様子を見て脇差を抜いた。

「人質にしておけば役に立つかと思ったのだがな」

「やめろ」

寅太郎の声は掠れていた。

「寅、寅だね」

痩せて老いてしまった母が、はっと我に返ったように顔を上げて辺りを見回す。

「ねえあんた、寅の匂いがするよ」

たまの瞳は白く濁っていた。

「寅、いるんなら声を聞かせておくれ」

寅太郎はためらったが、おっかあ、と声を放った。

「あんた!」

細くなってしまった声で、横でうなだれていた庄吉を呼ぶ。ぐったりとしていた庄吉の瞼は閉じたままだった。

「寅……」

母よりも、父の方が衰弱が激しかった。

「いるのか」

「ここに、いるよ……」

「おお、すっかり声が変わっちまったな」

庄吉は嬉しそうに笑みを浮かべた。頰がこけ、歯もなくなってしまっている。

「いい声だ。きっともてるぜ。いやあ、ここまで頑張ってきて良かったな。なあ、たまよ」

「本当だよ。私たちはね、切支丹の子を匿った罪でずっと捕まっていたの。厳しい責めを受けたけど、寅に一言だけ伝えたくて頑張った」

たまが庄吉を見る。

「俺たちにとってお前との日々が何よりの宝だった。また生まれ変わったら、親子になろうな！　お前の親になれて良かったよ……」

次の瞬間、脇差が笑顔の二人の首の急所を刎《は》ね斬っていた。寅太郎が放った樫の槍先は、すんでのところで届かなかった。

六

「やはり、情愛が残っていたか。そのようなものを捨てられぬから、弱き者はいつまでたっても弱いのだ。天下のため、信念のために全てを捧げる覚悟ができていれば、右顧左眄《うこさべん》する必要もない」

「佐橋市正」

寅太郎は、己の心が不気味な程に静まり返っていることに気付いていた。

「他人に乗っ取られて偉そうにものを言う気分はどうだ。お前の話し方、天海にそっくりだぞ。俺たち切支丹はでうすの世を創るための戦士だ。とっくに情愛は捨てている」

ふん、と市正は鼻で笑った。

「師は俺に力を授けて下さったのであって、乗っ取ったわけではない。さあ、邪教の魔王もここに跪かせてやろう」

その声はしわがれ、老人のそれに変わりつつあった。

「跪くのは、でうすの御前だ。寅、佐七！」

まりあが声を発すると同時に、煙硝蔵からどん、と腹に響く音がした。続いて煙硝蔵が大音響と共に弾け飛び、大小の火球が城中に降り注ぐ。

「飛手は二つあるのでね」

だが市正は表情一つ変えない。

「城などまた築けばいいのだ」

「徳川の天下も、間もなくこうして焼け落ちる」

「それはないな」

「どうしてそう言える？」

「昼の炎も、この炎も、我らが望んだものだからだ」

市正は驚くべきことを口にした。

「浪人も消え、今日ここに切支丹どもも滅びる。これよりは戦のための急ごしらえな江戸は、政のための新たな街に変わらねばならん。千年の都へと姿を変えるのだ。街の大半を焼き払い、新たに街を整える。そのためには数千の市民の犠牲くらいどうということもない。だが焼き払うには、身代わりが必要でな」

市正はくちびるを歪めた。

「浪人どもでもいいが、数が多すぎる。この火事、切支丹の残党どもの仕業《しわざ》とすれば、誰も疑いを抱かぬであろうよ」

「公儀の仕業だというのか」

市正は答えなかった。

「さあ、聖遺物は揃ったぞ。天草四郎を復活させてみよ」

だが、まりあはその様を冷たく見つめているばかりで、聖杯を取り出そうともしない。その肩口を聖釘が貫く。寅太郎が助けに入ろうとするところを、市正の太刀が邪魔をする。

「私も、待っていた」

まりあは静かに言う。宙に浮かぶ白い手が、輝く聖杯を握っている。

「他人の魂を乗っ取り、その中に深く身を潜めていた天海が姿を現すのをな！」

杯が激しい光を放ち、聖遺物を引きつけ始める。市正から十字架、聖釘が、戦っている源蔵から聖櫃が、佐七から聖槍が、寅太郎から聖骸布が、そしてどこからともなく荊冠が集まってくる。

「なるほどな。そのような力があったのか」

市正とも天海ともつかぬ声が笑みを含んで言う。

城全体を炎が包んでいく。まりあは聖遺物の力を飲み込んだ杯を、炎へと向けて放った。

「あらゆる罪と痛苦を背負いて肉体を滅したでうすの子よ。復活の時は来たれり」

江戸の城を包む炎が、人の形となる。

まりあから「飛手」が、どこからともなく「眼」が、市正から「雷」と「脚」が、佐七から「髪」が、寅太郎から「種」の力が吸い寄せられる。

「おお、四郎さま」

まりあが膝をつく。炎の巨人はゆっくりと手を差し上げ、体をひと震いさせた。かっと閃光が走り、赤い奔流《ほんりゆう》が城の南辺りを走った。

ど、と地面が揺れて、続いてとてつもない火柱が上がる。

……そうだ。こんな街、滅びてしまえばいい。

寅太郎も乾いた心でその様を見ていた。

「でうすの子よ、今こそ裁きの炎でこの悪魔の首府を焼き払って下さい。全てを清め、でうすの国を築くのです」

涙を流し、まりあは言う。そのまりあの体を、刃が貫いた。

「待って、いたぞ……」

市正が口を大きく開ける。それは、人の顎が開く幅ではない。ばきりと関節が砕けるのも構わず開けた口から、白い靄《もや》が吐き出される。その靄が形を成し始めるのを見て、寅太郎は呻いた。靄はまず三つに分かれた。剣、鏡、勾玉《まがたま》の形をとり、それが再び一つになる。

天海が取り込んだ古き山の力が、禍々しい姿となって咆哮《ほうこう》を上げた。

山の民の象徴である鬼が、聖遺物の生み出した魔神とぶつかり合う。その度に、炎の塊が江戸の市中へと落ちていく。

「そうだ。争え。争え！」

市正の顔は変貌を始めていた。

「古き街を焼き尽くすのだ。かつて戦乱の炎が天下を焼き、古きものを滅ぼしたように。江戸は天下の首府として古き澱《おり》を一掃し、新たに生まれ変わるのだ」
体は壮健な剣士だというのに、その顔は皺《しわ》に覆われた老人のものとなってい
た。
「天海……」
「江戸の大火は邪教の徒の最後の足掻《あが》きとして記憶され、未来永劫《えいごう》憎まれること
になろう。天下に異国の教えが根付くことはなく、泰平もまた永く続くであろう
よ」
炎は二つあった。公儀が自ら放ったものと、聖遺物によって生み出された炎の
巨人が放ったものである。寅太郎の心は、人々の悲鳴や慟哭《どうこく》を感じ取っていた。
目的は果たしつつある。
でも、それでいいのか？　これが、でうすや四郎や、自分たちが望む世なの
か？
寅太郎は根を伸ばした。火が燃え盛っている辺りにもさらに広げていった。大
切な人の名前を呼んでいる。彼らは敵なのか。滅ぼすべき悪魔の民なのか。
どの声もどの涙も、庄吉やたまと同じではないのか。
自分がきよや濤を、そして島原の仲間たちを失った時と同じ悲しみを抱いてい

るのではないのか。

「さあ、わしらも決着をつけるか」

天海の顔をした佐橋市正が、寅太郎の前に立った。

七

「お前たちもわしらも同じなのだよ」

天海は笑う。

「仏の慈悲、神の愛、それは何のためだ？　天下を己が望むように操るためだろう。政は多くの民を救い、不満を和らげるためにある。でうすの教えもそうであろう？」

四郎は聖遺物を遺し、でうすの心を受け継ぐよう寅太郎たちに命じた。それは江戸を焼き払い、自分たちと同じように貧しく日々を生きるのに精いっぱいの江戸の民を死の淵に追いやることなのか。

迷いの生まれた寅太郎を、市正の太刀が砕こうとした。だがその太刀を受け止める者がいた。

「荘介さん……」

「しばらくぶりだな」

だから、荊冠も「眼」も、吸い寄せられたのだ。

市正を押し返した荘介は、寅太郎に行くように命じた。

「お前が望むことをしてくるんだ。四郎さまが〝種〟を託したお前の心の動きは、きっとでうすの教えにかなう」

市正が舌打ちをする。

「俺の前から尻尾《しっぽ》を巻いて逃げた男が、今さら何をしにきた」

「絶望は人を戦いに追いやって死をもたらし、誇りを捨てさせてまで生にしがみつかせたりする」

荘介は静かに下段に構えていた。

「だが、そうじゃないんだ。誇りと共に戦い、そして生きていいんだ。政がどうだとか、己が切支丹だ浪人だというのは、最後はどうでもいいことだ」

下段に構えた太刀が徐々に上がっていく。

「俺は俺のために戦う。あんたもそうなんだろ? 天海さんよ。それに佐橋市正、いつまでも坊主の言いなりになってないで、己のために戦えよ」

「ふん……」

冷笑していた市正の顔が、変貌を見せた。皺だらけだった老人の顔が、若き剣士のものへと戻っていく。呻き声と共に膝をつき、何かを吐き出した。黒い大きな、なめくじのような何かである。

「聖遺物は既に四郎さまの復活に使われた。残りの力も古き神々を操るために、魂をすり減らしてるんだろ？　己はそんなみじめな姿になって、若い武人の心と体を乗っ取ってまで、政の手からこぼれる者たちを虐げたいか」

「政の、天下のなんたるかも知らぬ愚か者め……」

そんな声を発した黒い大きななめくじは、炎の魔神へと近付こうとした。その背に、太刀が突き立つ。それを為《な》したのは、市正であった。

「それでいい」

荘介はにこりと笑った。

「剣士として武人として、決着をつけよう」

「……承った」

莞爾と笑った市正は、八双に構えて一気に間合いを詰めた。

寅太郎は二人を背に、四郎の化身と古き神々が争う天守へと走った。天守は燃えるに任せ、神の遣いのぶつかり合いは城全体を炎と白煙に包んでいた。

「四郎さま！」

寅太郎は炎の巨人へと近付く。

「ここまでにしましょう」

だが巨人は首を振る。

「四郎さまの力と、聖遺物と共にあって、そして江戸や山の民と共にあって、俺は知りました。皆同じなんだ、と。滅ぼしていいものなんて、何もないんだって。江戸の城だって、公儀の者たちだって……」

大切な者を思い、その相手が傷ついたり命を落としたりすることを悲しむ。それは島原での自分たちと同じだ。

「でうすの御世は、自分たちにされたことをやり返してできるとは思いません」

寅太郎の言葉に炎の巨人は動きを止めた。古き神たちも、天海の呪縛《じゅばく》が解けたように立ち尽くしている。巨人は寅太郎の体を摑み、目の高さに差し上げた。炎が体を焼いていく。その音と痛みは、数万の江戸の民が同時に感じているものだ。だがその時、海の民の力が寅太郎を包んだ。皆の姿が、目に入る。

「寅！」

傷だらけになった、まりあが声を上げた。数人の侍がまりあに斬りかかるが、それでも怯まない。

「私の過ちだ！」

その表情が悲痛に歪む。

「私が四郎さまの真の遺志を伝えていなかった。私は四郎さまを、仲間を殺した公儀を許せず、その復讐のみを願っていた。だがそうじゃない。四郎さまが本当に願っていたのは、真のでうすの御世とは……」

その体を無数の銃弾と鏃《やじり》が貫き、まりあは倒れた。

「寅！」

荘介と佐七が寅に笑顔を見せ、後を頼む、という風に手を振った。市正が、荘介を斬る。だが、荘介の刀も、市正を貫いていた。お雪と源蔵の姿は、炎の中にあった。

海の民の力も、これまでのようだった。体が焼けても構わない。もう終わりにするのだ。体が燃え落ちていく。この臭いを、島原で何度も嗅いだ。人が焼け落ちていく。憎悪と悲しみの中で、消えていく。荘介も佐七も、そして閻羅衆として聖遺物を背負った二人の剣士と多くの隠密が、炎の中に倒れていく。

「寅太郎、お前の断はそうなのだな」

はっと寅太郎は辺りを見回した。

炎の中に、四郎が立っている。寅太郎は胸を張って、頷いた。

『復讐してはならない。あなたの国の人々を恨んではならない。あなたの隣人をあなた自身のように愛しなさい』

寅太郎の耳に、四郎でも誰のものでもない声が聞こえた。四郎も空を見上げ、微笑んでいる。

「ですよ、あなたのお答えはそうなのですね……」

炎の巨人はやがて、美しき若き天の御子、天草四郎へと変わっていく。既に熱さも感じなくなった寅太郎は、薄れゆく意識の中で、四郎の抱擁《ほうよう》と〝種〟を感じていた。種はやがて芽吹き、花を咲かせ、また種を実らせて広がっていく。天下という、江戸という優しき庭の中に自分たちの心は確かに残っていくのだ。四郎の抱擁はやがて、庄吉とたまの抱擁へと変わっていった。

大火の後、江戸は大きく姿を変えた。

後年明暦の大火と名付けられたそれは、死者は十万を数え、外堀以内をほぼ全焼させ、江戸城天守閣を焼き落とした。

燃え落ちた城の再建に伴うように、町も変わっていく。

焼けた街を整え直し、深川などの下町と吉祥寺《きちじようじ》などの郊外に新たな町を整備していった。その深川の一角、富岡八幡宮《とみおかはちまんぐう》の門前町にほど近いところに、新しい長屋が開かれていた。

†

長屋門の入り口では、老いた男が庭木の手入れをしていた。

「金三親方、すまないね」

「いいってことよ。昔の仲間が困ってるってえのに、手を差し伸べないやつは人でなしだ」

明暦の大火事の後、庄吉とたまの夫婦は高岡藩邸から解き放たれた。切支丹との関わりは限られたものであった、ということで放免されたのである。

切支丹と関わりがあったとのことで、昔の仲間も中々近付いてくれなかったのだが、金三たち庭師仲間が迎え入れてくれた。その金三は庭木から落ちて足を怪我して、庄吉たちの住む長屋の大家をしている。

「帰ったぜ」

庄吉が戸を開けると、たまがいつも通り愛想よく出迎えた。長い牢屋での日々は、二人の体を蝕《むしば》んでいた。夫婦共に目が見えなくなり、足も満足に曲がらないほどだった。しかし、あの大火の後、ふと体の具合が良くなった。

あの大火では多くの者が命を落とした。だが、庄吉たちのように病や傷が癒えた者も多かったという。一概には言えないが、日ごろ善行を積んでいた者がよく助かったという噂が流れ、寺社への参詣客が随分と増えたという。

「あれは、なんだったのかね」

「何だったんだろうな」

夕餉で毎日のように話す。大火の日に何があったのか、二人は憶えていない。だが、何かを感じた。懐かしくて、何よりも愛おしい存在が、そこにいた気がする。

「あんまりそう思わないようにしようぜ」

庄吉はそう言うのが常だった。

「いてくれたかもしれねえ。でも、期待し過ぎるとつらいじゃねえか」

「そうだよね」

しばらく黙っていたたまは、あのね、と思い切ったように切り出した。

「やっぱりあの時ね……」

「もういいんだよ」

庄吉は叱るでもなく言った。

「あの大火事で死なずに済んで、体の具合もよくなった。あいつがもしそうしてくれたなら、手を合わせて感謝していればいい。生きてると思うから、会いたくなるんだ」

庄吉の顔を見て、たまも口を噤んだ。あまり言葉にされるとつらくなる。無言の食事が終わったあたりで、誰かが戸を叩いた。

「金三さんかしら？」

たまが立ち上がって戸を開け、そこで止まった。

「おい、どうした？」

庄吉も戸口へ出ていくと、そこには一人の少年が立っていた。ぼろ布を纏っただけの、みすぼらしい格好をしているが、それが誰だか、庄吉にはすぐにわかった。

「ただいま、おっ、とう、おっかあ……」

「おかえり」

庄吉が言うと、たまが泣き崩れる。ぽろぽろと涙を流す少年と妻の肩を、彼はついに抱きしめるのであった。

解説――力強い現実肯定の物語

文芸評論家　三《み》田《た》主水《もんど》

天草四郎《あまくさしろう》復活の力を持つ七つの聖遺物《せいいぶつ》を巡る死闘を描く時代伝奇小説『くるすの残光』シリーズも、いよいよこの第五弾で完結を迎えます。奇蹟《きせき》の力を持つ切《きり》支丹《したん》の聖騎士と、南光坊天海《なんこうぼうてんかい》配下の切支丹討伐部隊・閻羅衆《えんらしゅう》らの戦いの行方《ゆくえ》やいかに？

……と書いておいて恐縮ですが、本作で初めてこのシリーズに触れた方は、作者が時代伝奇小説を書いていることに驚かれるかもしれません。なるほど、仁木《にき》英之《ひでゆき》といえば代表作はやはり『僕僕先生《ぼくぼくせんせい》』『千里伝《せんりでん》』などの歴史ファンタジーということになるかもしれませんが、しかしその活躍は、決して一つのジャンルに留まるものではありません。歴史小説（『朱温《しゆおん》』『真田を云《いい》て、毛利を云《い》わず』）、人情ファンタジー（『黄泉坂案内人《よみざかあんないにん》』）、青春小説（『撲撲少年《ぼくぼくしょうねん》』）など――さらに『僕僕先生』とほとんど同時期に発表された『飯綱颪《いづなおろし》　十六夜長屋日月抄《いざよいながやじつげつしょう》』において、作者は時代伝奇小説――確たる史実をベースとしつつも、その隙間《すきま》を虚《きょ》構《こう》で埋める物語――に挑戦しているのです。そして、その時代伝奇小説の最新の成果が、二〇一一年の第一作以来、ほぼ年一作のペースで刊行されてきた、この『くるすの残光』シリーズなのです。

さて、ここでシリーズのこれまでの物語を振り返ってみましょう。天草四郎を指導者とした切支丹たちの蜂起が、幕府軍によって鎮圧された島原《しまばら》の乱から四年後――四郎を討たれ、壊滅したかに思われた切支丹たちの戦いは、終わったわけではありませんでした。四郎によってそれぞれ奇蹟の力を与えられた四郎の妻と五人の聖騎士が、四郎を復活させる力を持つ七つの聖遺物――荊冠《けいかん》・聖槍《せいそう》・聖《せい》櫃《ひつ》・聖杯《せいはい》・聖骸布《せいがいふ》・釘・十字架――を求めて、江戸に現れたのです。

しかしそこで彼らが知ったのは、あろうことか聖遺物が、幕府の切支丹弾圧の黒幕である怪僧・天海の手に落ち、切支丹弾圧のための武器として用いられているという事実。かくて、植木職人見習いに身をやつす少年・寅太郎《とらたろう》をはじめとする聖騎士たちは、閻羅衆ら聖遺物によって超絶の力を手にした者たちと死闘を繰り広げることになったのです。

聖騎士と聖遺物を持つ者たちが次々と巻き起こす、異能バトルとも言うべき奇想天外なアクション。その一方で描かれる、寅太郎と彼の養父母となった植木職人・庄吉《しょうきち》とたま夫婦の間に交《か》わされる温かい愛情と人情。全く異なる二つの要素を巧《たく》みに織り交ぜつつ、本シリーズは展開してきました。(ちなみにこの趣向は、先に触れた『飯綱颪』においても採用されているものです)

そして前作に当たる第四弾『天の庭』では、寅太郎たちと、ついに自ら出馬してきた天海、シリーズ当初からの宿敵である闇羅衆のホープ・佐橋市正《さはしいちまさ》が安芸《あき》・厳島《いつくしま》で激突。切支丹のみならず、山の民や海の民らが奉じる古き神々をも滅ぼし、その力を手に入れんとする天海との戦いは、多大な犠牲を払った末、ついに聖騎士たちが勝利を手にした、はずだったのですが……

本作『最後の審判』の物語は、ここから始まります。天海を討ったにもかかわらず、なおも続く切支丹弾圧。その背後には、聖遺物・十字架の力で復活した市正の姿がありました。幕府の激しい弾圧により、切支丹だけでなく各地のまつろわぬ民たちも戦う意思を失っていく中で、次第《しだい》に追い詰められていく寅太郎たち。その彼らに手を差し伸べてきたのは、後世に名を残すことになる軍学者・由《ゆ》井正雪《いしょうせつ》——切支丹ではないものの幕府に反抗する心を持ち、聖遺物の一つ・聖杯を持つ者でした。

彼を信じられず一度は距離をおいたものの、しかし思わぬ形で正体が露見した末に、ついに正雪を頼ることとなった寅太郎。そして三代将軍家光《いえみつ》の死期が迫る中、正雪の蜂起の時も近付いていきます。寅太郎と聖騎士たちの運命は。慈しんできた寅太郎が切支丹だと知ってしまった庄吉とたまの選択は。そしてついに四郎は復活するのか――江戸を焼き尽くす業火《ごうか》の中、物語は全ての終わりを迎えることになります。

さて――ここで恥を忍んで白状いたしますと、実は僕は、本作が単行本で刊行されたのを読んだ時には、いささかスッキリしない印象を抱いておりました。いいえ、物語の展開――特に結末についてではありません。そうではなく、僕の心に引っかかったのは――そしてそれはさらに言えば、シリーズを通して感じてきたことでもあるのですが――寅太郎たち聖騎士の行動原理であった天草四郎の教え、言い換えれば彼が遺《のこ》した想いの内容が、今ひとつ伝わってこない点だったのです。本作は、本シリーズは、天草四郎なくしては成立しない物語です。しかしそれではその四郎自身は何のために力を遺し、何のために復活しようとしていたのか？　それが本シリーズにおいては、あまり明確に描かれてこなかった――そう感じられたのでした。

しかし実はこの点こそが本作の、本シリーズの最大の仕掛け。そして本作の結末において明確に示されるその答えは、本シリーズ自体のテーマでもあったのです。（あまりの波瀾万丈《はらんばんじょう》かつヘビーな展開に目が眩《くら》み、初読時にはその答えに思い至らなかったのがお恥ずかしい……）

もちろん、その四郎の真意について、ここではっきりと書いてしまうのは、大きなルール違反というものです。しかし、本作の結末で描かれたものが、人間というちっぽけな存在に向けられた、限りない慈《いつく》しみであると述《の》べることは許されるでしょう。神の力を得た異能者たちの戦いの果《は》てに描かれるのは、そんな等身大の、しかしこの上なく大切な想いだったのです。

ここで冒頭で触れた、作者の作品の中でもファンタジー色の強いもの——『僕僕先生』『千里伝』などを振り返ってみれば、そこに一つの共通点があることに気付きます。それは超越者《ちょうえつしゃ》の絶対的な力による人々の救済を無条件に肯定《こうてい》しないこと——いやむしろ、否定すらしてみせることです（実のところこれらの作品においては、その超越者こそが敵となることも少なくありません）。そして本シリーズにおいては、それは神の力を持つ四郎のみならず、聖遺物をはじめとする様々な神の力を用いて、徳川という新たな神の世界を創り出そうとする天海をも指すものです。

もちろん、超越者の力に背を向けるのは、それは決して易《やさ》しい道ではありません。それどころか希望に背を向けた、大きな苦しみを伴《ともな》うものですらあります。本作は寅太郎の苦闘を通じて、これまでの作品以上にそれを容赦《ようしゃ》なく描きつつも、それでもその先にある、現実に生きる人間という存在の強さ・優しさ・美しさを浮き彫《ぼ》りにします。それは、言い換えれば、力強い現実肯定ともいうべきものでしょう。

そしてその現実の素晴らしさは、決して変えることはできない確たる史実（既に定まった過去）と、天衣無縫《てんいむほう》に展開される虚構のせめぎ合いの間においてこそ、よりはっきりと、力強く浮かび上がることになります。そう、本作が時代伝奇小説として書かれた意味は、いわば四郎 vs.天海の代理戦争である異能者同士のバトルという伝奇的趣向以上に、まさにその点にあるのだと言えます。

だからこそ、冒頭で述べたように様々なジャンルを手掛けてきた作者がそれらの作品の中で共通して描いてきたもの、そして作者の作品に共通する魅力――人間という存在への優しい眼差し《まなざ》は、本作の結末においてよりはっきりと、力強く感じられるのではないかと、僕は思うのです。

（本書は平成二十八年六月、小社から四六判で
刊行されたものに著者が加筆・修正しました）

一〇〇字書評

切り取り線

購買動機（新聞、雑誌名を記入するか、あるいは○をつけてください）

□（　　　　　　　　　　　　　）の広告を見て
□（　　　　　　　　　　　　　）の書評を見て
□ 知人のすすめで　　　　□ タイトルに惹かれて
□ カバーが良かったから　　□ 内容が面白そうだから
□ 好きな作家だから　　　　□ 好きな分野の本だから

・最近、最も感銘を受けた作品名をお書き下さい

・あなたのお好きな作家名をお書き下さい

・その他、ご要望がありましたらお書き下さい

住所	〒				
氏名		職業		年齢	
Eメール	※携帯には配信できません	新刊情報等のメール配信を 希望する・しない			

この本の感想を、編集部までお寄せいただけたらありがたく存じます。今後の企画の参考にさせていただきます。Eメールでも結構です。

いただいた「一〇〇字書評」は、新聞・雑誌等に紹介させていただくことがあります。その場合はお礼として特製図書カードを差し上げます。

前ページの原稿用紙に書評をお書きの上、切り取り、左記までお送り下さい。宛先の住所は不要です。

なお、ご記入いただいたお名前、ご住所等は、書評紹介の事前了解、謝礼のお届けのためだけに利用し、そのほかの目的のために利用することはありません。

〒一〇一-八七〇一
祥伝社文庫編集長　坂口芳和
電話　〇三（三二六五）二〇八〇

祥伝社ホームページの「ブックレビュー」からも、書き込めます。
http://www.shodensha.co.jp/bookreview/

〈祥伝社文庫　今月の新刊〉

内田康夫

喪《うしな》われた道〈新装版〉

浅見光彦、修善寺で難事件に挑む！　すべての謎は「失はれし道」に通じる？

宇佐美まこと

死はすぐそこの影の中

深い水底に沈んだはずの村から、二転三転して真実が浮かび上がる……戦慄のミステリー。

小杉健治

裁きの扉

悪徳弁護士が封印した過去——幼稚園の土地取引に端を発する社会派ミステリーの傑作。

高木敦史

のど自慢殺人事件

アイドルお披露目イベント、その参加者全員が容疑者？　雪深き村で前代未聞の大事件！

西條奈加

六花落々《りっかふるふる》

「雪の形をどうしても確かめたく——」古河藩の物書見習が、蘭学を通して見た世界とは。

岡本さとる

二度の別れ　取次屋栄三

長屋で起きた捨て子騒動をきっかけに、又平やお染たちが心に刻み、歩み出した道とは。

経塚丸雄

すっからかん　落ちぶれ若様奮闘記

改易により親戚筋に預となった若殿様。少ない銭をやりくりし、股肱の臣に頭を抱え……。

有馬美季子

源氏豆腐《げんじどうふ》　縄のれん福寿

包丁に祈りを捧げ、料理に心を籠める。客を癒すため、女将は今日も、板場に立つ。

睦月影郎

美女手形　夕立ち新九郎・日光街道艶巡り

味と匂いが濃いほど高まる男・夕立ち新九郎。日光街道は、今日も艶めく美女日和！

仁木英之

くるすの残光　最後の審判

天草四郎の力を継ぐ隠れ切支丹忍者たちの最後の戦い！　異能バトル&長屋人情譚、完結。

藤井邦夫

冬椋鳥《ふゆむくどり》　素浪人稼業

渡り鳥は誰の許へ!?　矢吹平八郎、健気な娘のため、父親捜しに奔走！　シリーズ第15弾。

祥伝社文庫

くるすの残光《ざんこう》　最後《さいご》の審判《しんぱん》

平成29年10月20日　初版第1刷発行

著　者　仁木英之《にきひでゆき》
発行者　辻　浩明
発行所　祥伝社《しょうでんしゃ》
東京都千代田区神田神保町3-3
〒101-8701
電話　03（3265）2081（販売部）
電話　03（3265）2080（編集部）
電話　03（3265）3622（業務部）
http://www.shodensha.co.jp/
印刷所　堀内印刷
製本所　ナショナル製本
カバーフォーマットデザイン　中原達治

 ISBN978-4-396-34366-8 C0193